과학실에서
읽은 시

이 도서의 국립중앙도서관 출판시도서목록(CIP)은 e-CIP홈페이지(http://www.nl.go.kr/ecip)와
국가자료공동목록시스템(http://www.nl.go.kr/ kolisnet)에서 이용하실 수 있습니다.
(CIP제어번호:CIP2013004838)

과학실에서 읽은 시

하상만 엮고 씀 · 송진욱 그림

실천문학사

어느 날 과학책을 읽다가 시집과의 공통점을 발견했어. 과학책도 시집처럼 읽을수록 새롭다는 것을 알게 되었지. 좋은 시집처럼 좋은 과학책은 정말 읽을수록 새로웠어. 과학자들은 자신들이 시를 쓰고 있다는 사실을 잘 모를 때가 많아. 그들이 새로운 것을 발견하기 위해 실험을 하고 수집을 하고 기록한 것들에서 나는 종종 시적인 문장들을 발견하곤 했지. 예를 들면 이런 문장이야.

"태양이 사라지면 지구는 17분간 공전궤도를 유지한다."

그냥 시적인 문장이 아니라 내 가슴을 퍽 하고 치는 아주 강렬한 느낌을 가진 문장이었어. 태양과 지구에 나름의 상징적 의미만 부여한다면 한 편의 시로 보아도 손색없는 문장이지.

리처드 도킨슨은 과학이 보여주는 현실이 마법 같은 것이라고 말했어. 현실을 그냥 보여주는 것인데도 마법 같은 느낌을 받는다. 조금 이상하지? 하지만 이상하지 않아. 새로운 것을 발견하고 그것을 통해 본 세상은 아무것도 모르고 있을 때의 세상과는 분명 다른 거니까.

망원경으로 목성의 위성을 발견한 갈릴레오는 속으로 이렇게 외쳤을지도 몰라.

"맙소사, 우주의 모든 것이 지구를 빙글빙글 도는 것은 아니었어."

그때까지만 해도 많은 사람들은 우주의 모든 천체가 지구를 중심으로 돌고 있어야 한다고 믿었지. 이때 "맙소사!"라는 감탄사는 갈릴레오를 전혀 새로운 세상으로 데려다놓는 주문 같은 말이 되었어.

시인들이 감수성의 안테나를 세워 받아 적는 시도 과학에 무척 가까울 때가 많아. 길상호 시인의 작품에 나오는 "자성 강한 죽음이/반대 극의 식욕을 불러들인다"(「자기장을 읽다」)라는 문장은 N극과 S극을 가진 자석을 생각나게 해. 서로 극과 극이지만 한 몸이 아니고서는 존재할 수 없는 게 자석이지. 삶과 죽음이 바로 극과 극 아니겠니. 그렇다면 우리의 인생이란 삶과 죽음이 붙어 있는 하나의 자석이 아닐까.

시인과 과학자 들은 오랫동안 서로 다른 분야에서 각자 외따로 떨어진 일에 종사하고 있다고 생각했지. 하지만 그건 사람들의 편견일 뿐이야. 둘은 같은 목표를 향해 묵묵히 자신의 일을 하고 있었어. 그 목표란 바로 세상의 모든 사물들에게서 사람들이 미처 발견하지 못한 새로운 의미를 보여주는 거야. 무엇보다 그들은 발견에 종사하는 사람들이라는 공통점을 가지고 있어. 발견의 즐거움 때문에 시인이 되고 과학자가 된 사람들이지. 그들은 편견을 깨고 사물을 새롭게 인식하는 일에 종사하고 있는 마법사들이야.

보이저호가 태양계 끝에서 찍어 보낸 창백한 푸른 점 하나, 그걸 사람들이 지구라고 부른다는 사실을 알게 되었을 때의 기분. 여름 내내 잘 흘러가던 시냇물이 겨울이 되면 왜 가장자리부터 얼기 시작하는지, 그 딱딱하고 차가운 것을 시인들은 왜 이불이라고 부르고, 옷이라고 부르고, 문이라고 부르는지. 나는 과학자들과 시인들이 발견해낸 이런 느낌을 자주 현실에서 마법처럼 경험하곤 했어.

이 책은 과학과 시에 대한 나의 감상문이야. 과학과 시가 서로를 넘나들며 친구가 되고 사람들에게 새로운 감동을 전해줄 수 있다는 증거인 셈이지. 나는 우리가 과학과 시에 좀 더 재미를 느꼈으면 해. 과학과 시에는 우리들 삶에 가치를 부여해줄 수 있는 증거들이 참 많거든.

2013년 새봄에

하상만

추천사

요즘 우리 사회에서 유행처럼 퍼지고 있는 말 중에 '통섭', '통합', '융합' 등의 단어가 자주 눈에 띈다. 교육계에서는 이것을 일종의 화두로 여겨 융합교육을 추진 중이다. 과학교육에서는 2년 전부터 '융합인재교육(STEAM)'이 시작되었다. 현장에 있는 교사들은 학생들에게 과학을 더 재밌게 전달하기 위해 미술이나 음악 등의 공부를 하기 시작했다. 과학이 아닌 영역에서 과학의 원리를 찾아내는 활동은 교사나 학생 모두에게 질적인 성장을 가져다 주었다. 이런 좋은 결과를 공유하기 위해 교사들은 모임을 만들고 새로운 융합이 가능한 분야를 찾고 있는 중이다.

이런 시점에서 출간된 『과학실에서 읽은 시』는 무척이나 참신한 도전으로 보인다. 지금까지 과학이 추구한 융합의 영역에 시는 드물었다. 최근 진정일 교수가 관련 책을 내긴 했지만 본격적으로 시를 과학으로 풀어보려고 한 시도는 이전에 없었다. 진정일 교수의 책이 과학자의 입장에서 시를 접근한 것이라고 한다면 이 책은 시인의 입장에서 과학에 접근한 것이다. 분명 융합의 시대에 과학과 시가 서로를 향해 물꼬를 튼 것처럼 보여 흥미롭다.

이 시는 과학책이기도 하지만 문학책이기도 하다. 저자가 국어 교사이면서 시인이기에 과학을 대하는 태도가 과학 선생님들과는 남다르다. 과학적이기도 하면서 문학적이다.

작가는 소세키의 「홍시여」라는 시 중 "무척 떫었다는 걸"이란 시구를 통해 감에 대한 따뜻한 추억을 떠올린다. 그리고 이어서 감이 떫은 이유는 뭘까? 하는 호기심을 가진 과학자의 모습으로 변신한다. 이런 자연스러운 변신을 통해 작가는 '탄닌'의 존재를 이야기하고, 할머니가 떫은맛을 없애기 위해 사용했던 소금물의 비밀을 풀어준다. 그리고 정작 당신은 몰랐지만 할머니가 훌륭한 화학반응을 이끌어내는 과학자의 역할을 하고 있었음을 보여준다. 이것은 과학이 우리와 얼마나 가까이 있는지를 보여주는 하나의 증거이자 문학과 과학이 한 몸이 될 수도 있다는 희망의 증거이기도 하다. 이 책에는 이런 희망적인 내용이 곳곳에 가득하다.

하지만 과학자의 입장에서 아쉬운 점이 없지는 않다. 어떤 부분에서는 문학적 상상력이 과학적 사실을 지나치게 포장하고 있다는 느낌도 드물게 있었다. 이것은 문학을 하는 사람과 과학을 하는 사람 사이의 발상법이 다르고 동일한 현상에 대해 서로

들 사용하는 단어가 다르기 때문이지 않나 하는 생각이 든다.

낯선 사람이 만나 금방 친해지기는 힘든 법이다. 서로 말을 섞고 몸을 부대끼다 보면 어느덧 친구가 돼버린 서로를 발견하게 될 것이다. 이 책은 융합교육의 디딤돌 역할을 충분히 할 수 있을 것이라 기대된다. 과학 시간에는 과학적 현상을 쉽게 설명하기 위해, 문학 시간에는 좀 더 깊이 있는 시어의 해석을 위해 이 책은 훌륭한 교재로 활용될 수 있다. 무엇보다 학생들이 교양의 수준을 높이는 데 도움이 될 것이다.

처음부터 완벽할 수는 없다. 과학을 향해 작은 문을 열어준 시인에게 과학자의 한 사람으로서 감사드린다. 이제 길이 생겼으니 자주 오가며 새로운 열매가 맺히길 바랄 뿐이다.

정성헌 박사

한국과학창의재단 융합인재교육(STEAM) 리더스쿨과 교사연구회 운영
경북 복주여자중학교 과학 교사

차 례

우리가 물이 되어

강은교

우리가 물이 되어 만난다면
가문 어느 집에선들 좋아하지 않으랴.
우리가 키 큰 나무와 함께 서서
우르르 우르르 비 오는 소리로 흐른다면.

흐르고 흘러서 저물녘엔
저 혼자 깊어지는 강물에 누워
죽은 나무뿌리를 적시기도 한다면.
아아, 아직 처녀인
부끄러운 바다에 닿는다면.

그러나 지금 우리는
불로 만나려 한다.
벌써 숯이 된 뼈 하나가
세상에 불타는 것들을 쓰다듬고 있나니.

만 리 밖에서 기다리는 그대여

저 불 지난 뒤에

흐르는 물로 만나자.

푸시시 푸시시 불 꺼지는 소리로 말하면서

올 때는 인적 그친

넓고 깨끗한 하늘로 오라.

불과 불의 만남은 물

시인은 물이 되어 만나자고 말해. 지금 우리는 불로 만나고 있다면서 말이야. 이 시는 불이 물이 되어가는 인생의 큰 흐름을 보여주고 있는 것 같아.

물은 수소와 산소의 만남이야. 그런데 내 눈에 물은 불과 불의 만남으로 보여. 불과 불의 만남이 물이라니 이상하게 들리지?

세상에서 가장 큰 불은 우리 머리 위에 있어. 바로 태양이지. 태양은 수소 덩어리야. 수소는 우주에서 가장 찾기 쉬운 원소야. 그리고 원소들 중에서 가장 가벼운 원소이기도 하지. 수소의 이런 성질을 이용해 사람들은 힌덴부르크호(Hindenburg. LZ 129)라는 수소 비행체를 만든 적이 있어. 1936년 독일의 체펠린 비행선회사가 만든 이 비행체는 독일을 출발해 대서양을 건너 미국에 착륙하던 중 폭발했지. 97명의 승객 중에 36명이 죽었어. 정확한 원인

은 밝혀지지 않았지만 작은 불꽃 때문에 불이 붙은 거라고 추측
해. 수소는 조그만 충격에도 폭발할 수 있거든. 하늘에서 비행체
가 활활 타오르고 있을 때 옆에서 열심히 수소를 도운 것은 산소
였어. 산소 없이는 그 어떤 불도 제대로 타오르기 힘들지. 수소도
산소가 없으면 불을 일으킬 수 없어. 수소와 산소는 불의 성질을
가졌다고 볼 수 있지. 그런데 물의 구성 성분은 수소와 산소야. 그

래서 나는 물이 불과 불의 만남이라고 한 거야.

신기해. 수소와 산소의 만남은 말이야. 불과 불이 만났는데 더 큰 불이 되지 않고 전혀 다른 물질이 돼버리다니. 물은 적은 열이나 빛으로 폭발을 일으키지 않아. 물에 불을 붙인다고 화재가 일어나지도 않지. 오히려 화재를 진압할 때 물이 중요한 역할을 해. 물이 되어버린 수소와 산소의 만남을 생각해보면, 내가 누군가를 만나 전혀 다른 사람이 되어버렸을 때 느꼈던 놀라움이 떠올라. 나의 좋지 않았던 본성이 사라지고 새로 태어난 것 같은 기분이 들었을 때 말이야. 수소나 산소가 다른 것과 결합했다면 물이 될 일은 없었을 거야. 누구를 만나느냐에 따라 우리 삶의 방향은 바뀌어. 물은 만남의 중요성에 대해서도 생각하게 하는 아주 중요한 소재야.

시인은 삶에 대한 열정과 사랑을 불로 보고 있어. 사람의 일생에는 불꽃의 시기와 잿더미의 시기가 있다고 하지. 불꽃의 시절에 우리는 많은 것을 얻기도 하지만 많은 것을 잃기도 해. 사랑과 열정이 불의 시기를 이끌고 있지만 그것은 질투와 분노, 외로움 같은 것들을 그림자처럼 가지고 있거든. 많은 것을 성취하기도 하지만 많은 상처를 주고받는 시절. 그 시절을 우리는 더 큰 열정의 시기, 더 위대한 사랑의 시기로 포장하면서 그림자를 지우려고 애써. "저 불 지난 뒤에/흐르는 물로 만나자"라고 하는 시인의 목소리로 보아 인생에는 불보다 더 값진 시기가 있는 것 같아. 잿더미로 보일 수 있는 그 시기를 시인은 물의 시절로 보고 있어. 그 물은 "가문 집"을 적시고, "죽은 나무뿌리를 적실" 수 있는 흐름을 가지고 있지.

물과 불은 서로 다르지만 물을 만드는 것은 결국 불이야. 우리는 쉽게 폭발하는 수소 원자이거나 그 폭발을 돕고 있는 산소 원자로 뜨겁지만 위험하게 현재를 살고 있는지도 몰라. "푸시시 푸시시 불 꺼지는 소리로 말하면서"라는 부분은 불이 자신의 본성을 버리고 물로 변화해가는 화학적인 현상으로 보여.

소금 시

로마 병사들은 소금 월급을 받았다
소금을 얻기 위해 한 달을 싸웠고
소금으로 한 달을 살았다

나는 소금 병정
한 달 동안 몸 안의 소금기를 내주고
월급을 받는다
소금 방패를 들고
거친 소금밭에서
넘어지지 않으려 버틴다
소금기를 더 잘 씻어내기 위해
한 달을 절어 있었다

울지 마라
눈물이 너의 몸을 녹일 것이니

피와 땀으로 만드는 소금

'샐러리맨(salaried man)'이라는 말이 있어. 봉급생활자라는 뜻인데, 여기서 봉급을 뜻하는 'salary'라는 말은 라틴어에서 소금을 가리키는 'sal'에서 나왔다고 해. 사람들에게 무척이나 소중한 소금은 '하얀 금'이라고도 불렸지. 서양에는 '금 없이는 살아도 소금 없이는 살 수 없다'라는 속담도 있어.

과학자들은 소금을 염화나트륨[NaCl]이라고 불러. 염소[Cl]와 나트륨[Na]이 결합된 물질이라는 말이야. 염소는 우리 생활에서도 많이 사용돼. 그중 한 곳이 실내 수영장이야. 수영장 물은 매일 갈 수가 없어. 그래서 소독을 자주 하지. 소독제의 주원료가 바로 염소야. 간혹 피부가 민감한 사람들은 실내 수영장을 다녀와서 피부에 통증을 느끼기도 해. 제1차 세계대전 때는 독가스를 만드는 재료로도 사용됐어. 나트륨은 반응성이 큰 원소야. 동전 크기 정도의 순수한 나트륨 덩어리를 물에 넣으면 부르르 떨다가 터져 버려. 실험을 하던 중 부주의 때문에 과학실을 홀라당 날려버린 사람도 있었지. 그래서 과학실에서 실험을 할 때는 반드시 선생님 의 지시에 따라 안전수칙을 꼭 지켜야 해. 아무튼 이 골치 아파 보이는 두 원소가 만나 우리 생활에 없어서는 안 될 진귀한 물질이 된다니 참으로 아이러니한 일이야.

시인은 사람들을 소금 방패를 든 병정에 비유하고, 그런 병정들이 모여 있는 이 세상을 소금밭이라고 말해. 우리가 소금 방패를 든 병정일 수 있는 것은 몸속에 소금의 재료가 있기 때문이야. 이 물질들은 염화나트륨의 상태로 있지 않고 염화 이온과 나트륨 이온 상태로 녹아 있지. 그러니 어쩌면 시인의 말처럼 우리는 소금에 "절어 있"는 거나 마찬가지야.

염화 이온과 나트륨 이온은 땀을 통해 우리 몸 밖으로 빠져나와. 땀에서 물이 증발하면 염화 이온과 나트륨 이온은 서로 사이좋게 결합해서 하얀 소금이 되지. 염화 이온은 Cl^-로 표시하고 나트륨 이온은 Na^+로 표시해. 자석의 N극과 S극이 서로 끌어당기듯이 음이온인 염화 이온과 양이온인 나트륨 이온은 서로를 끌어당겨 안정된 화합물이 되지.

소금의 재료인 염화 이온과 나트륨 이온을 몸 밖으로 배출시켜 소금으로 만드는 것은 우리 부모님의 노동일 거야. 샐러리맨들은 노동, 즉 피와 땀의 대가로 월급을 받지. 가족을 지키기 위해 "넘어지지 않으려" 버티고 있지. "울지 마라/눈물이 너의 몸을 녹일 것이니"라는 구절은 몸속의 소금을 얻기 위해 제대로 울 수도 없는 샐러리맨들의 슬픈 모습을 보여주고 있어.

과녁

이동호

나뭇잎 하나 수면에 날아와 박힌 자리에

둥그런 과녁이 생겨난다

나뭇잎이 떨어질 때마다 수면은 기꺼이 물의 중심을 내어준다

물잠자리가 날아와 여린 꽁지로 살짝 건드려도

수면은 기꺼이 목표물이 되어준다

먹구름이 몰려들고 후두둑후두둑

가랑비가 저수지 위로 떨어진다

아무리 많은 빗방울이 떨어지더라도 저수지는

단 한 방울도 과녁의 중심 밖으로 빠뜨리지 않는다

저 물의 포용과 관용을 나무들은

오래전부터 익혀왔던 것일까

잘린 나뭇등걸 위에 앉아본 사람은 비로소 알게 된다

나무 속에도 과녁이 있어 그 깊은 심연 속으로

무거운 몸이 영영 가라앉을 것 같은,

나무는 과녁 하나를 만들기 위해

오랜 세월 동안 한자리에 죽은 듯 서서

줄곧 저수지처럼 수위를 올려왔던 것이다
화살처럼 뾰족한 부리의 새들이
하늘 위로 솟구쳤다가 나무 위로
뚝뚝 떨어져 내리는 것은, 명중시켜야 할 제 과녁이
나무 속에 있다는 것을 알기 때문이다
작년 빚쟁이를 피해 우리 동네 정 씨 아저씨가
화살촉이 되어 저수지의 과녁 속으로 숨어들었다
올해 초 부모의 심한 반대로 이웃 마을 총각과
야반도주했다던 동네 처녀가
축 늘어진 유턴 표시 화살표처럼
낚싯바늘에 걸려 올라왔다
얼마나 많은 실패들이 절망을 표적으로 날아가 박혔던가
눈물이 된 것들을 위해
가슴은 또 기꺼이 슬픔의 중심을 내어준다
죽음은 늘 백발백중이다.

세상의 중심은 하나가 아니다

언젠가 비 오는 날 저수지에 가본 적이 있는데 빗방울들이 떨어지면서 많은 동심원을 만들고 있었어. 나는 무심히 바라보다가 그냥 집으로 돌아왔지. 그런데 나와 똑같은 것을 본 시인은 저수지에서 어떤 깨달음을 얻었어. 시인은, 저수지의 중심은 하나가 아니라는 것을, 저수지는 수없이 많은 중심을 가졌다는 것을, 이 세상에 자신의 중심을 가지지 않은 것은 없다는 것을 깨달았어.

저수지를 세상이라고 생각하고 거기 떨어지는 빗방울을 우리라고 생각해봐. 우리가 닿는 곳마다 저수지에 동심원이 생기고, 그 동심원의 중심은 거기에 몸을 던진 우리가 되는 거지. 나는 이 세상의 중심이 따로 있을 거라고, 그 중심이 나는 아닐 거라 생각했는데, 이 시를 읽고 났더니 중심은 어디에나 있고, 어디서나 중심을 세울 수 있다는 생각이 들었어. 나 역시 이 세상의 중심일 수 있고 "죽음"이 "늘 백발백중"이듯 우리 삶도 역시 백발백중일 거라는 생각이 들어.

시를 읽고 나서 한 사람이 떠올랐어. 조선 시대의 과학자 홍대용. 그는 『의산문답(醫山問答)』이라는 책을 통해 자신이 알고 있는 과학 지식들을 정리했어. 이 책에서 그는 지구가 우주의 중심이 아니며, 중국 역시 세계의 중심이 아니라고 말했어. 지구나 중국이나 다양한 중심 중의 하나이며 어떤 나라나 어떤 사람도 지금 있는 그곳에서 중심이 될 수 있다고 말했지. "단 한 방울도 과녁의 중심 밖으로 빠뜨리지 않는", "물의 포용과 관용"을 알고 있었던 거야. 하지만 홍대용의 이런 생각을 사람들은 이상하게 받아들였어. 그때까지 많은 지식인들은 세상의 중심이 중국이라고 생각했거든. 그래서 중국인처럼 말하고 중국인처럼 생각하려고 노력했어. 그런 사람들에게 중국이 세상의 중심이 아니라고 했으니 사람들이 얼마나 놀랐겠니?

말이 나온 김에 『의산문답』에 어떤 내용이 적혀 있나 알아볼까? 먼저 당시 지식인들이 이 세상을 어떻게 생각하고 있었는지 아는 게 좋을 것 같아. 그들은 지구가 스스로 돈다는 것을 믿지 않았어. 전혀 어지럽지 않았기 때문이겠지. 중력이 있다는 것을 몰랐기 때문에 지구 반대편에 사람이 살 수 있다는 것도 믿지 않았어. 거꾸로 서 있으면 떨어진다고 본 거지. 지구의 그림자가 둥글게 달을 가리는 월식을 보면서도 지구가 둥글다는 생각을 받아들이지 못했어. 하늘은 둥글고 땅은 모나다고 생각했지. 이건 옛날 중국의

춘추전국 시대에 유학자 증자(曾子)가 그렇게 말했기 때문이야.
그들은 검증하고 관찰하는 것보다 옛 성현의 말씀을 그대로 잘 따
르는 것이 미덕이라고 생각했어. 이런 생각을 가진 사람들에게

『의산문답』은 가히 충격적인 책이라고 할 수 있어. 이 책은 지구가 자전을 하고 있으며 중력을 가지고 있기 때문에 지구 반대편에 사람이 살고 있다고 말하고 있지. 그리고 월식이야말로 지구가 둥글다는 증거라고 말해. 하지만 홍대용의 말이 다 옳았던 것은 아니야. 그는 지구가 너무 무겁기 때문에 공전할 수는 없다고 생각했고 태양이나 달에도 생명체가 있다고 믿었어.

고추밭

어머니의 고추밭에 나가면
연한 손에 매운 물 든다 저리 가 있거라
나는 비탈진 황토밭 근방에서
맴맴 고추잠자리였다
어머니 어깨 위에 내리는
글썽거리는 햇살이었다
아들 넷만 나란히 보기 좋게 키워내셨으니
짓무른 벌레 먹은 구멍 뚫린 고추 보고
누가 도현네 올 고추 농사 잘 안 되었네요 해도
가을에 가봐야 알지요 하시는
우리 어머니를 위하여
나는 빨리 어른이 되고 싶었다

고추는 왜 매워졌을까

시인의 어머니는 아들의 "연한 손에 매운 물"이 들지 않기를 바라고 있어. 그래서 고추밭 일은 모두 혼자서 하셨지. 그런 어머니를 보면서 시인은 "비탈진 황토밭 근방"을 "고추잠자리"처럼 날아다녔어. 그러면서 "빨리 어른이 되"기를 바랐지. 어른이 되면 고추밭에 가서 일하는 어머니의 수고를 덜어드릴 수 있을 테니까. 어머니는 아들을 생각하고 아들은 어머니를 생각하는 참 따뜻한 시야.

고추의 조상들은 지금처럼 맵지 않았어. 맛이 좋고 부드러워서 동물들에게 인기가 많았지. 그런데 그놈의 인기가 문제였어. 동물들이 다투어 먹다 보니 고추가 싹을 틔우기도 전에 죽는 경우가 많았어. 생존의 위험을 느끼게 되었겠지? 고추는 자신을 효과적으로 보호할 수 있는 무기를 생각하게 되었어. 그런데 고추는 호랑이처럼 무시무시한 이빨이나 매처럼 날카로운 부리를 가질 수는 없었지. 그래서 매운 맛을 내려고 노력했어. 맵지 않은 것들 중에 돌연변이가 생기기 시작했지. 돌연변이로 시작한 매운 고추는 점점 늘어났어. 점차 맵지 않은 고추의 수가 줄어들었고, 매운 고추만이 살아남기에 적합했지. 이제 고추에 입을 대는 동물은 인간과 새 정도밖에 없어. 새가 고추를 먹을 수 있는 것은 매운 맛을 느끼지 못하기 때문이야.

그런데 이상하지? 시장에 가봤더니 맵지 않은 고추가 많아. 그건 인간이 고추의 무기를 빼앗아버렸기 때문이지. 인간은 가끔 진화의 방향을 과학으로 바꾸어놓기도 해.

다윈(Charles Darwin)은 자신의 생존과 후손을 남기기 위해 하는 모든 행동을 생존경쟁이라고 말했어. 그의 생각에 따르면 살아남기 위한 생물들의 모든 특성들은 무기로 볼 수 있지. 씨앗을 허공으로 둥실 띄우는 날개 같은 하얀 털은 민들레의 무기인 셈이지.

그런데 식물들이 가지고 있는 생존 무기는 동물의 것과는 많이 달라. 동물들은 주로 먹이를 얻고자 무언가를 공격하는 반면 식물들은 자신의 몸을 보호하기 위해 무기를 사용하지. 누군가가 먼저 공격하지 않으면 식물들이 먼저 공격하는 경우는 거의 없어. 왜냐면 식물은 스스로 모든 영양분을 만들 수 있는 독립영양생물이기 때문이야. 그들은 다른 생명들을 잡아먹을 필요가 없어. 식물들은 자신의 유전자를 다음 세대로 온전히 물려주기만을 바라지. 결국 사람들이 고추로부터 매운 맛을 보게 되는 것은 우리가 고추를 먼저 공격했기 때문이야.

고추가 매운 것은 캡사이신(capsaicin)이라는 화합물 때문이야. 이 캡사이신은 고추의 씨에 가장 많아. 매운 고추일수록 다음 세대에 자신의 유전자를 전달하겠다는 의지가 강한 것으로 볼 수 있지.

언젠가 된장찌개에 고추를 썰어 넣으려다가, 손으로 눈을 만졌는데 눈자위가 뜨거워 혼이 난 적이 있어. 그건 내 손에 매운 물이 들었기 때문이야. 물로 씻어도 한참이나 매운 기운이 가시지 않아서 끙끙대었지. 그래서 나는 고추를 먹기 전에 매운 것인지 아닌지 확인하는 버릇이 생겼어. 냄새를 맡아보면 알 수 있지. 매운 것은 콧속을 쏘는 향이 있거든. 내 경험을 통해 알 수 있는 캡사이신의 특징은 물에 잘 녹지 않고 휘발성이 있다는 거지.

매운 고추를 먹고 눈물이 핑 돌 때는 어떻게 하면 좋을까? 우유를 마시면 돼. 우유에 들어 있는 지방에 캡사이신이 잘 녹거든. 참고로 우리가 '매운 맛'이라고 말하는 것은 사실 과학적으로 보면 미각이 아니라 통각이야. 즉 맛이 아닌 통증이라는 거지.

태양계

이문재

비행기가 착륙할 때 보았다
팔천 미터 상공에서 잃어버렸던
자기 그림자를 활주로에서
다시 만나는 것이었다

히말라야를 넘거나
태평양을 종단하는
철새들도 마찬가지다
땅이 가까워지면
서둘러 제 그림자부터 찾는다

하늘 높이 솟아오르기만 하거나
앞으로 미래로만 달려나가면
제 그림자를 볼 수가 없다
자기 그림자를 찾을 수가 없다

나는 나의 그림자

밤은 낮의 그림자

내일은 어제의 그림자

빼앗긴 그림자를 되찾아야

너와 나 지금 여기가

길고 넓고 높고 깊어진다

그림자는 땅에 있다

모든 그림자는 지구에 있다

그림자를 잃어버리면 안 돼!

만약에 내가 이 시를 지었다면 제목을 그림자라고 지었을 거야.
그런데 태양계라는 제목 때문에 나는 그림자에 대해 더 깊이 생각
해보게 됐어. 내가 알고 있던 그림자는 삶의 어두운 면을 상징하
는 정도였는데, 이 시를 읽고부터 내게 그림자는 가끔 꺼내어 스
스로를 들여다봐야 하는 까만 거울처럼 느껴져. 운명 같다고나 할
까. 태양계에 존재하는 만물은 그림자를 가질 수밖에 없어. 태양
은 우리의 운명을 규정짓는 어떤 힘이야.

태양계를 종이 위에 온전히 그릴 수 있을까? 아쉽지만 태양계
를 종이 위에 그릴 수는 없어. 그렇다면 과학실에 걸려 있는 태양
계 그림은 뭘까? 과학실에 붙어 있는 태양계 지도는 정확하지 않
아. 태양계를 종이 위에 그릴 수 없는 이유는 태양계가 너무 넓기
때문이야. 보이저호(Voyager)라고 알지? 이 우주선은 한때 지구에

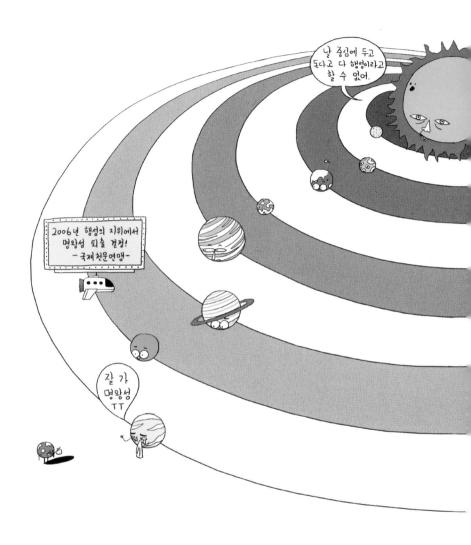

서 만든 가장 빠른 우주선이었어. 빛보다 빠르지는 않았지만 한
시간에 약 5만 6,000킬로미터를 날아갈 수 있었지. 이렇게 빠른
우주선이 지구를 출발해서 토성까지 가는 데 걸린 시간은 3년이

었어. 천왕성까지 가는 데는 9년이 걸렸어. 지금은 비록 행성의 지위를 박탈당했지만, 명왕성의 궤도에 도착하는 데는 12년이나 걸렸지. 누군가 태양과 지구의 거리를 10센티미터로 표시하고 태양계 지도를 그린다면 명왕성은 태양으로부터 4미터나 떨어져 있어야 해. 팥알 정도의 크기로 종이 위에 지구를 그렸다면 목성은 300미터나 떨어져 있어야 하고. 이때 명왕성은 2.4킬로미터나 떨어져 있어야 하는데 현미경으로 들여다봐야 할 만큼 아주 작지. 비율과 축적에 맞게 정확히 행성들의 위치를 표시하려면 아주 큰 종이와 현미경이 필요해.

행성들의 문제를 정리한다고 해서 끝이 아니야. 태양계의 범위란 태양 주위를 도는 행성들만 가리키는 것이 아니라 태양의 중력이 미치는 모든 범위를 의미해. 태양의 중력은 행성들 너머 혜성들의 고향인 오르트 구름(Oort cloud)까지 뻗어 있는데 그 거리는 실로 상상 그 이상이야. 그러니 태양계를 종이 한 장에 그린다는 것은 불가능한 일이지. 과학실에 붙어 있는 태양계 그림은 행성들의 실제 크기나 거리를 고려하지 않고 행성들의 위치만을 우리에게 알려주고 있어.

태양계에 살고 있다는 운명 때문에 그림자는 만물과 분리될 수 없어. 만물과 하나야. 만물은 그 자신뿐 아니라 그림자까지 포함해서 만물인 거야. 그러니 그림자를 잃는다는 것은 자신을 잃어버리는 거지. 하늘 높이 올라간 비행기나 철새가 "땅이 가까워지면/서둘러 제 그림자부터 찾는" 것은 자신을 잃지 않기 위해서라고 볼 수 있어. 시인은 지나치게 이상만 좇는 사람들을 걱정하고 있어. "하늘 높이 솟아오르기만 하거나", "앞으로 미래로만 달려 나가는" 사람은 그림자를 잃어버리기 쉽기 때문에 그림자들의 고향인 땅을 잘 들여다볼 줄 모르지. 개발이라는 이름으로 땅이 마구 파헤쳐지는 것도 어쩌면 그림자를 잃어버린 사람들 때문이라는 생각이 들어.

나무를 낳는 새

찌르레기 한 마리 날아와
나무에게 키스했을 때
나무는 새의 입 속에
산수유 열매를 넣어주었습니다

달콤한 과육의 시절이 끝나고
어느 날 허공을 날던 새는
최후의 추락을 맞이하였습니다
바람이, 떨어진 새의 육신을 거두어가는 동안
그의 몸 안에 남아 있던 산수유 씨앗들은
싹을 틔워 잎새 무성한 나무가 되었습니다

나무는 그렇듯
새가 낳은 자식이기도 한 것입니다

새 떼가 날아갑니다

울창한 숲의 내세가 날아갑니다

새와 나무의 자식

"나무는 그렇듯/새가 낳은 자식이기도 한 것입니다"라는 이상한 말에 내 가슴은 쓰러지고 말았어. 이 문장은 모든 생명들이 사실은 서로 연결되어 있다는 것을 짧게 표현한 비수 같은 말이야. 공생에 대해 시적으로 표현할 수 있는 가장 절묘한 문장이야. 공생은 서로 도우면서 사는 것을 말해. 서로가 서로의 어깨에 기대고 있다는 말이지.

만일 찌르레기가 산수유 열매를 먹지 않는다면 어떻게 되겠니? 똑똑한 친구들은 "그래도 괜찮지 않나요?" 그렇게 되물을지도 몰라. 새가 그걸 먹지 않는다면 산수유 열매는 잘 익어서 땅에 저절로 떨어질 테니까. 하지만 나무는 열매 속에 들어 있는 씨앗이 되도록 멀리 가기를 원해. 눈앞에 씨앗이 떨어지면 싹을 틔울 가능성이 줄어들거든. 열매가 떨어진 나무 아래는 그늘이 드리워진 곳

이고 그곳에서는 햇볕을 제대로 받을 수 없지. 씨앗이 뿌리를 내린다고 해도 자라는 데는 한계가 있어. 부모와 같은 땅을 두고 영양분을 다투는 생존경쟁을 해야 하니까. 거대한 뿌리를 가진 나무와 이제 막 뿌리를 내린 씨앗, 누가 유리할까? 그래서 나무들은 열매를 되도록 탐스럽고 먹기 좋게 만들려고 노력해. 찌르레기와 같은 동물들이 입맛을 다시거나 사람들의 손을 잘 탈 수 있도록 말이야. 예전에는 사람이 볼일을 보는 것도 씨를 심는 일이었어. 채집 생활을 할 때는 제대로 된 화장실이 없어서 여기저기 들판에다 볼일을 봤거든. 지금처럼 양변기를 사용할 때보다 훨씬 씨앗이 싹을 틔우기 좋은 환경이었지. 사람은 씨를 심고 나무는 음식을 제

공해주었으니 서로 돕고 있었던 거지.

시인은 또 새 떼가 "울창한 숲의 내세"라는 이상한 말을 하고 있어. 하지만 곰곰 생각해보면 동물이 식물을 낳는 오묘한 생태계의 순환을 보여주는 말이지. 내세는 다음 세상, 즉 다음 세대를 가리키는 말이야. 씨앗은 나무에게 다음 세상이고, 이어서 숲을 지키는 다음 세대지. 그걸 품고 있는 게 바로 새라는 것을 시인은 발견한 거야.

만일 찌르레기가 사라지면 나무는 어떻게 될까? 또 똑똑한 친구들은 다른 동물이 열매를 먹어줄 거예요. 이렇게 말하겠지? 하지만 여기 극단적인 예가 하나 있어.

인도양 남서부에 위치한 모리셔스 섬에 가면 13그루의 나무가 있어. 나무의 이름은 카비리아. 모두 300년 이상 된 나무들인데 자식들이 없지. 멸종해가고 있다는 말이야. 사람들은 왜 이 나무가 번식을 멈추었는지 알 수 없었어. 남은 나무들이 300살 이상 된 것으로 보아 나무들이 번식을 멈춘 것은 300년 전 쯤이라는 것을 알게 되었지. 학자들은 300년 전 멸종한 새를 떠올릴 수 있었어. 그 새의 이름은 도도(dodo). 도도는 포르투갈어로 '바보'라는 뜻이지. 새지만 날 줄을 몰랐고 무서움을 몰라서 사람을 봐도 도망가지 않았어. 우연히 이 섬에 상륙한 포르투갈 선원들은 도도를 신선한 먹잇감으로 생각했지. 그냥 먹잇감 정도로만 생각했으면 괜찮았을 텐데 장난감으로도 생각했어. 먹지도 않을 도도를 사냥하고 데리고 놀다가 죽이기를 수없이 반복했지. 결국 새는 멸종했어.

도도는 카비리아 나무의 열매를 먹었어. 열매 속에 들어 있는 나무의 씨를 삼키고 뱃속에 가지고 다니다가 적당한 장소에 볼일을 보는 방식으로 번식을 도왔지. 껍질이 딱딱했던 씨는 이 새의 위를 통과하면서 적당히 소화되지 않으면 싹을 틔우지 못했어. 최근에야 사람들은 나무가 멸종해가는 이유를 정확하게 알게 되었지. 하지만 너무 늦었어. 나무가 기대고 있던 어깨를 사람들이 치워버렸으니 나무가 넘어지는 것은 당연한 거 아니겠니.

내 목구멍 속에 걸린 영산강

손택수

두엄자리에서 지렁이가 운다. 지렁이 울면 낭창한 대 하나 꺾고 낚시를 가시던 할아버지.

그날 붕어조림을 삼키면서 나는 붕어가 삼킨 지렁이, 목구멍에 걸린 것처럼 헛구역질을 하고 말았는데

지렁이가 할아버지를 삼킬 줄은 꿈에도 몰랐다. 할아버지가 삼킨 붕어와 붕어가 삼킨 지렁이 잘디잔 흙알갱이가 되어 지렁이 주둥이 속으로 빨려들 줄은 몰랐다.

비 내린 뒤의 영산강변 할아버지 무덤가에 지렁이가 기어간다. 그래 지구상의 모든 흙은 한 번쯤 지렁이의 몸을 통과했다.*

머잖아 저 몸속에서 붕어를 삼킨 할아버지와 내가 머리 딱 부딪치며 우르릉 쾅쾅 천둥번개 치는 시간 있겠구나.

주물럭주물럭 시간대를 마구 뒤섞는 장운동, 저 몸속으로 산맥 하나가 통째로 빨려 들어가고 말랑말랑한 반죽물 밭이랑 논이랑이 되어 꿈틀꿈틀 빠져나올 수도 있겠구나.

　　강 주둥이에 아침부터 누가 철근을 박고 있다. 뿌연 흙먼지를 일으키며 시멘트를 퍼붓고 있다. 컥컥 헛구역질을 하며 강이 움찔거린다.

*다윈의 말.

40년간 지렁이를 연구한 사람

시인은 "할아버지 무덤가에 지렁이가 기어가"는 것을 바라보고 있어. 그러다 할아버지가 붕어를 잡아 오던 날을 떠올렸지. 붕어의 미끼는 지렁이였어. 붕어가 지렁이를 먹고 시인이 붕어를 먹었으니 시인은 먹이피라미드의 제일 위에 군림하는 포식자라고 생각했겠지. 그런데 지렁이가 흙알갱이를 먹고 있었어. 사람이 죽으면 흙이 되잖아. 그 흙을 지렁이가 먹고 있으니 결국 죽은 할아버지를 먹고 있는 것 아니겠니.

나는 어릴 적 과학 시간에 배운 것처럼 먹이 사슬이 뾰족한 피라미드 같은 거라고 믿었어. 그런데 이 시를 읽고 났더니 먹이 사슬이 둥글게 둥글게 연결된 고리 같은 거라고 생각하게 되었지. 서로가 서로의 꼬리를 물고 있는 먹이였어. 그 고리에서 하나라도 빠지면 우리 생태계는 균형을 잃고 위험에 빠지겠지. 그걸 깨달았

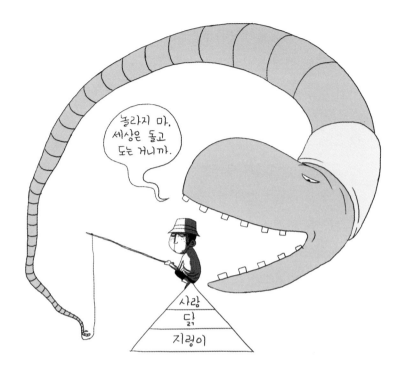

기 때문에 시인은 뱃속에서 할아버지를 만나는 재미난 상상을 할
수 있었던 거야.

　지렁이를 연구한 노인이 있었어. 무려 40년간이나 그렇게 했
지. 그가 지렁이 연구에 매달려 있다는 사실이 알려지자 사람들은
또 한 번 비난하기 시작했지. 누군가는 이렇게 말하기도 했어.
"야, 차라리 지렁이가 인간의 조상이라고 해라." 이런 욕을 들었
던 이유는 그가 쉰의 나이에 발표했던 책 때문이야. 그 책의 이름
은 『종의 기원(On the Origin of Species)』이야. 이제 그가 누군지

알겠니? 바로 진화론을 주장한 찰스 다윈이야.

그가 발표한 책에는 인간이 진화해왔다는 증거들이 담겨 있었지. 그건 당시 사람들이 받아들일 수 없는 거였어. 그때 사람들은 하나님이 인간을 지금의 완벽한 모습으로 만들었다고 생각하고 있었으니까. 아담과 이브 탄생 이후 인간은 별로 변한 게 없다고 생각했지. 하지만 다윈의 생각은 달랐어. 다윈은 인간도 다른 동물들처럼 진화의 길을 걸어 지금의 모습이 되었다고 생각했지. 사람들은 다윈의 이런 생각이 고귀한 인간을 동식물의 수준으로 떨어뜨리는 일이라고 여겼어. 그래서 다윈을 공격했지. 과학적으로 설명할 길이 없었던 그들은 인신공격을 일삼았어. 원숭이의 몸에 다윈 머리를 그린 풍자 그림을 신문에 싣기도 했고 네 조상이 원숭이냐, 하는 욕을 했어. 지렁이가 인간의 조상이라고 해라, 라는 욕은 그런 맥락 속에서 나온 거야.

하지만 그런 비난에도 아랑곳하지 않고 다윈은 40년 동안 묵묵히 지렁이를 연구하지. 마침내 72세의 나이에 「지렁이 활동을 통한 유기 토양의 형성」이라는 글을 발표해. 그는 지렁이가 집을 짓기 위해 땅속을 이리저리 돌아다니는 것은 사람이 농사를 짓기 위해 쟁기질을 하는 것과 같다고 말했어. 쟁기질은 식물에게 아주 좋은 일이야. 식물은 딱딱한 땅보다 쟁기질이 잘된 땅에서 쉽게 뿌리를 내릴 수 있거든. 뿌리가 숨을 쉬기도 좋고. 그리고 지렁이가 흙을 먹고 배설할 때 창자 속에 있는 분비물이 흙과 함께 섞이면서 흙은 부드러워지고 기름진 땅이 된다고 말했지. 시인은 지렁이 뱃속에서 거친 흙이 기름진 땅이 되어가는 과정을 이렇게 표현했어. "말랑말랑한 반죽물 밭이랑 논이랑이 되어 꿈틀꿈틀 빠져나올 수도 있겠구나." 시인은 이렇게 딱딱한 과학 지식을 유쾌하게 표현할 수 있는 사람이지.

다윈은 지렁이가 흙에 미치는 영향을 연구하기 위해 고대 유적지인 스톤헨지로 가서 직접 흙을 파고 만져보기를 귀찮아하지 않았어. 그리고 "지구상의 모든 흙은 한번쯤 지렁이의 몸을 통과했다"고 확신했지. 이때 찰스 다윈도 시인처럼 이 세상의 모든 생물들이 고리처럼 연결되어 있다는 것을 깨닫지 않았을까.

이 시의 제목은 「내 목구멍 속에 걸린 영산강」이야. '영산강' 대신 '지렁이'라고 바꾸어 한번 읽어봐. '내 목구멍 속에 걸린 지렁이'. 영산강과 지렁이는 다른 단어지만 같은 의미야. 처음에 시인은 붕어를 먹을 때 목구멍에 지렁이가 걸린 것 같아 헛구역질을 했지만 그건 생명의 고리를 몰랐을 때의 일이지. 이제 시인에게 영산강도 지렁이도 생명의 고리를 둥글둥글 이어주는 소중한 존재야. 그런데 영산강에 "누가 철근을" 박고, "시멘트를 퍼붓고" 있어. 누군가는 문명이라는 이름으로, 발전이라는 이름으로 신 나게 그런 일을 하지만 그건 생명의 고리를 끊는 일이라고 시인은 생각하지. 그래서 강은 "컥컥" 숨 넘어갈 듯 "헛구역질을 하며 움찔거리"는 거야.

홍시여

나쓰메 소세키

홍시여, 이 사실을 잊지 말게
너도 젊었을 때는
무척 떫었다는 걸

소금에 담가 먹던 감

하이쿠는 일본의 전통시야. 우리나라의 시조와 비슷한 거지. 원래는 세로로 한 줄 적는데 운율을 분명히 드러내기 위해 세 줄로 적기도 해.

언젠가 기차를 타고 가다가 논 가운데 서 있는 흰 새를 본 적이 있어. 그 새 한 마리가 주위의 모든 풍경을 잡아당기고 있다는 느낌이 들었지. 왜 그런지 모르겠지만 이상하게 감동적이었어. 새는 그냥 서 있기만 했는데 말이야. 그때 그 새를 '풍경의 눈'이라고 말한 사람이 있었지. 좋은 시는 좋은 눈을 가지고 있어. 독자는 그 눈과 마주쳤을 때 깊은 감동을 받지. 그래서 시인은 자신의 시에서 눈을 잘 그리려고 해.

하이쿠는 짧은 시 전체가 눈이야. 커다란 눈을 뜨고 우리를 바라보고 있지. 처음엔 이게 뭐야, 시시하다고 생각했는데 어느 깊은 겨울 밤 나는 커다란 눈과 마주쳤어. 그때 나는 "아!" 하고 짧은 비명을 질렀고 그대로 사로잡혀 오랫동안 그 감동에서 벗어나지 못했지.

하이쿠는 인생에 대한 깨달음을 표현한 것이 많아. 홍시를 보면서 시인이 깨달은 것은 뭘까? 이 시는 이런 속담과 연결되어 있을지도 몰라. 개구리 올챙이 적 시절 모른다. "떫었다"는 것이 '서툴렀다'의 다른 표현이라면 홍시는 나이 든 어른의 모습이겠지. 이 시는 서툴렀던 어린 시절을 잊고 사는 개구리 같은 어른들에게 과거를 잊지 말라는 메시지를 주고 있는 것 같아.

이 시를 읽고 났더니 옛날 우리 할머니가 떠올라. 우리 집에는 감나무가 있었고 항아리가 있었지. 가끔 홍시가 되기 전에 감이 떨어지곤 했어. 어린 감, 그걸 깨물었을 때는 오랫동안 떫은맛이 입안에서 가시질 않았지. 할머니는 떨어진 감을 항아리에 넣었다가 어느 날 꺼내어 내게 주곤 하셨어. 다시 감을 깨물었을 때 떫은맛은 사라지고 없었지.

감이 떫은 이유는 탄닌(tannin)이라는 성분 때문이야. 할머니는 떫은맛을 어떻게 제거했을까? 항아리 속에 뭔가 들어 있었겠지? 항아리 속에 들어 있던 것은 소금물이었어. 소금물과 탄닌이 만나서 산화와 환원 반응을 일으켜. 산화란 물질이 산소와 만나거나 전자를 빼앗기는 경우를 가리키는 것이고 환원이란 산소를 빼앗기거나 전자를 뺏어오는 경우를 가리키지. 두 물질이 만나 새로운 하나의 물질이 될 때 한쪽에서는 산화를 다른 한쪽에서는 환원을 경험하게 되지. 산화를 경험하는 것이 탄닌 쪽이고 이 반응을 통해 감의 떫은맛은 사라져.

그런데 이 탄닌이 영영 없어져버리는 것은 아니야. 단지 가용성 탄닌이 불용성 탄닌으로 바뀌는 것뿐이지. 이 말은 물에 녹았던 탄닌이 더 이상 물에 녹지 않는다는 말이야. 우리는 모든 맛을 액체 상태로 느껴. 딱딱한 사탕은 입안에서 녹지 않으면 달달한 맛을 낼 수 없지. 탄닌도 우리 입안에서 녹지 않으면 떫은맛을 낼 수 없는데, 소금물이 떫은 감과 반응해서 녹지 않는 탄닌을 만드는 거지.

그러고 보니 할머니가 애지중지하던 항아리는 인큐베이터 같은 곳이었네. 미숙한 땡감을 어른으로 만드는. 어쩌면 할머니는 과학자였는지도 몰라. 탄닌의 성질을 바꿀 줄 아는. 정작 당신은 무슨 화학 반응을 일어나게 했는지 정확히 알지 못하셨지만 말이야.

요즘 어른들은 어린이를 소금물에 담가 빨리 홍시로 만들려고 하는 것 같아. 나무 위에 가만히 매달려 자연스럽게 홍시가 되는 것을 보지 못하고 얼른 따서 항아리에 담아 떫은맛을 빼려고 하지. 어른들도 천천히 어른들이 되었으면서 말이야. 그리고 잘못하거나 실수하는 우리를 나무라지. 이런 말도 안 되는 농담을 날리면서 말이야. "나는 어릴 때 안 그랬는데 너는 왜 그러니?" 그러면서 서로 책임을 미루지. "넌 아빠를 닮아서 그래, 넌 엄마를 닮아서 그래" 하면서 말이야.

선천성 그리움

함민복

사람 그리워 당신을 품에 안았더니

당신의 심장은 나의 오른쪽 가슴에서 뛰고

끝내 심장을 포갤 수 없는

우리 선천성 그리움이여

하늘과 땅 사이를

날아오르는 새 떼여

내리치는 번개여

머리에서 가슴까지의 거리

이 시에서는 가슴과 심장이라는 단어가 가장 눈에 띄어. 한때 사람들은 지능이 가슴에서 나온다고 믿었던 적이 있지. 지금은 터무니없는 말이지만 당시에는 제법 일리 있는 말이었어. 중요한 순간, 중요한 결정을 내려야할 때는 꼭 가슴이 뛰는 것을 느끼니까. 누군가를 좋아하게 되어 꽃을 줄까 말까 망설일 때 뭐 그런 때 말이야. 설마 없다고 말하는 건 아니겠지.

옛날에는 사람의 몸을 들여다보기가 힘들었을 거야. 사람 속을 들여다본다고 해도, 가령 머리를 열어보았다고 해도 머릿속에 있는 뇌가 어떤 기능을 가지고 있는지 알 수 없었겠지. 그래서 사람들은 중요한 결정을 내릴 때, 벌렁거리는 가슴을 두고 머리를 쓰고 있다고 생각했을 거야. 이 벌렁거리는 가슴은 심장이 있는 곳이지. 그러니까 사람들은 한때 우리의 심장이 뇌라고 믿었어.

재밌는 게 더 있어. 많은 사람들이 마음이 생겨나는 곳도 심장이라고 생각해. 언젠가 식판을 놓고 밥을 먹다가 탁자에 앉은 친구들에게 물어본 적이 있어. 마음이란 어디에 있다고 생각해? 친구들은 숟가락을 놓고 각자 마음이 있을 만한 곳을 가리켰지. 장난스럽게 엉덩이를 툭 치는 녀석이나 느닷없이 발바닥을 잡는 친구도 있었지만 많은 친구들이 가슴을 가리켰어. 하지만 마음은 그곳에 없어. 마음은 뇌의 여러 가지 전기적, 화학적 신호로 만들어지는 거야. 그러니까 마음이 있는 곳은 바로 머리지. 옛날 사람들은 마음이 심장에 있다고 믿었기 때문에 피를 바꾸면 나쁜 마음을 좋은 마음으로 바꿀 수 있다고 생각했어. 그래서 범죄자들에게 강제로 순한 양의 피를 수혈했던 적도 있지.

사랑은 어디에 있을까? 과학적으로 보면 우리 머릿속에 있는 거겠지. 그리움은 사랑이 낳은 결과물 같은 거니까, 그리움 역시 우리 머릿속에 있는 거고. 하지만 우리에겐 아직 이런 말이 남아 있지. 사랑은 머리가 아니라 가슴으로 하는 거다. 그래서 이 시인은 사랑하는 사람을 가슴으로 안아보는데 서로의 심장이 서로의 반대편에서 뛰고 있다는 것을 발견해. 시인은 심장을 포개고 싶어해. 그런 만남이 완벽한 사랑이라고 생각하는 거지. 완벽을 향한 지극한 마음이 있는 한 사랑에 대한 그리움은 영원한 것 아니겠니. 사랑이 인간에게 본능과 같은 것이라면 그리움은 선천성일 수밖에 없는 거고. 근데 시인은 왜 옛날 사람들처럼 사랑이 가슴에 있다고 생각하는 거지? 머리에서 심장까지가 가장 멀다는 것은 또 무슨 말이지? 노래를 하다가 마음이라는 단어가 나올 때 아이들은 왜 가슴에 손을 얹고 율동을 하는 거지? 연인들이 이게 내 마음이야 할 때 왜 하트를 가슴에서 꺼내는 거지? 사랑이란 과학으로는 다 이해할 수 없는 것인지도 몰라.

이 시를 읽고 나서 시의 주제를 더 명확하게 표현해줄 수 있는 다른 시의 구절이 떠올랐어. 류시화 시인의 "그대가 곁에 있어도/ 나는 그대가 그립다." 사랑하는 사람을 품에 안고 있어도 그가 그리운, "선천성 그리움"을 가진 이들의 마음을 또 다르게 잘 표현한 시로 보여.

새끼발가락

퇴화를 생각하면 왠지 쓸쓸해진다 쓸모없어진

가구를 버리는 것처럼 번거로운 일은 아니나

사용하지 않음으로써 나도 모르게 조금씩

내 몸의 일부를 떼어내는 것이라고 생각하면

새끼발가락, 삼백만 년을 내 몸과 함께 걸어왔을

그 뭉툭하고 못생긴 직립의 징표를

나는 쓰다듬지 않을 수 없다

까맣게 잊고 지내다 작은 티눈이 생기거나

돌부리라도 걷어차는 날이면 얼마나 아프던지

나는 그때서야 비로소 냄새나는 소가죽 신발을 벗고

못생긴 새끼발가락을 어루만진다

새끼발가락처럼,

그 기원을 알 수 없는 우리들의 사랑도

점점 퇴화해간다 쓰임새를 알 수 없는,

가슴 속 아련하게 떠오르는 본능을 따라

어둠 속에서 우린 서로의 몸을 더듬고 핥으며

기나긴 밤을 지새운다 흔적들 속에서
흔적이 되어 살아가는 나를 바라보는 일이
꺼져가는 등불을 바라보는 일만큼이나 쓸쓸하지만
내 마음은 온통 떠나간 사람들로 북적거리고,
느닷없이 십만 번째의 내가 광장으로 불려 나간다

퇴화의 흔적, 사랑의 흔적

오랑우탄이나 침팬지는 소나 말보다 꼬리가 짧아. 진화론자들은 직립보행이 그 이유라고 생각하지. 소나 말은 반드시 네 발로 걷거나 뛰는데 오랑우탄이나 침팬지는 자주 두 발로 움직이거든. 네 발로 움직일 때는 꼬리가 밟힐 염려가 없어. 두 발로 서서 움직일 때는 꼬리를 밟을 일이 많이 생기지. 꼬리에 걸려 넘어질 일도 생기고. 그래서 두 발로 걷는 짐승들에게는 꼬리가 필요 없게 되었고 퇴화하게 되었다는 게 진화론자들의 설명이지. 물론 두 발로 완벽하게 걸을 수 있는 사람에게는 아주 조그만 꼬리도 필요 없지.

사람에게는 꼬리가 없는데 꼬리뼈는 있어. 이건 아주 오래전 우리가 꼬리를 가지고 있었다는 증거야. 이런 걸 흔적기관이라고 하지. 흔적기관은 그 생물의 과거에 대한 기록이기 때문에 생물을 분류할 때 중요하게 사용돼. 예를 하나 들면 호주에 사는 '키위

(kiwi)'는 날개가 없는 데도 새로 분류돼. 날개가 없기 때문에 날 수도 없지. 날 수도 없고 날개가 없는 생물이 새라니! 말이 안 되는 것처럼 보여. 그러나 키위를 새라고 할 수 있는 이유는 몸에 남아 있는 흔적기관 때문이야. 날개는 없지만 날개뼈의 흔적을 가지고 있거든. 이건 이 새의 조상들이 하늘을 날았다는 증거이자 새라는 증거지.

나는 이 시를 통해 새끼발가락이 점점 퇴화 중이라는 것을 처음 알았어. 물론 이것은 새끼발가락을 바라보는 시인의 상상일 수도 있어. 하지만 나는 이 시를 통해 새끼발가락에 관심을 가지게 되었지. 그래서 기회가 될 때마다 사람들의 발가락을 관찰하기 시작했어. 새끼발가락은 다른 발가락에 비해 왜소해. 똑바른 자세를 취하지 못하고 한쪽으로 기울어진 녀석들이 흔하지. 내 새끼발가락도 그렇고. 교실에서 꼭 따돌림을 받다가 주눅 든 녀석 같아. 특히 여자들의 새끼발가락은 남자들보다 퇴화의 속도가 빨라. 여자들은 예쁘게 보이기 위해 폭이 좁은 신발을 신거든. 좁은 공간에서 새끼발가락은 이리저리 큰 녀석들한테 밀리다 보니 발톱도 제대로 가질 수 없지. 그래서 생기다 만 것처럼 눈곱만 한 새끼발톱을 가졌거나 아예 발톱이 없는 여자들도 있지.

퇴화하는 새끼발가락을 바라보면서 시인은 "쓸쓸해"하고 있어. 눈에 띄지 않게 천천히 퇴화하는 새끼발가락의 운명을 "나도 모르게 조금씩/내 몸의 일부를 떼어내는" 과정으로 받아들이고 있지. 여기까지만 이야기했다면 이 시는 시가 될 수 없었을지도 몰

라. 그냥 과학적 사실에 대한 감상을 짧게 적은 것에 불과했을 거야. 시인은 자신의 "못생긴 새끼발가락을 어루만지"면서 점점 퇴화하고 있는 "우리들 사랑"에 대한 이야기로 이어가고 있어. 사랑이 퇴화 중이라면 언젠가는 우리 가슴 속에 흔적만이 남겠지. 먼 훗날 우리 인류의 역사를 연구하던 학자들은 가슴 속에 남은 사랑의 흔적기관을 발견할지도 몰라. 그땐 이렇게 말할 수도 있어. 우리 인간도 한때는 사랑을 아는 존재였구나.

화남풍경

박관식

세상의 모든 물들이 가지고 있는 아름다운 부력, 상인은

새끼를 밴 줄도 모르고 어미 당나귀를 재촉하였다 달빛은 파

랗게 빛나고

아직 새도 깨어나지 않은 어두운 길을

온몸으로 채찍 받으며 어미는 타박타박 걸어가고 있었다

세상으로 가는 길

새끼는 눈도 뜨지 못한 채 거꾸로 누워 구름처럼 둥둥 떠가고

하늘을 날고 싶었던 고래

고래는 육지에 살던 동물이었어. 그 훨씬 전에는 바다에 살았다고 하지. 어느 날 고래는 하늘을 날고 싶었어. 생각이 간절했지만 날개가 없었지. 그래서 고래는 바다로 돌아갔어.

이 동화 같은 이야기는 부력 때문에 가능한 일이야. 부력이 있기 때문에 물속에서 고래는 새처럼 날 수 있거든. 가끔 고래가 물 밖으로 몸을 내미는 것은 허파로 숨을 쉬기 위해서야. 허파는 고래가 육지에서 살았던 흔적이지. 부력 때문에 고래는 몸집을 키워도 걱정 없었어. 아무리 무거워져도 바닷속에서는 가벼워지니까. 모두 다 부력 때문에 가능한 일이지.

시에서 당나귀는 "새도 깨어나지 않은 어두운 길"을 걷고 있어. 앞이 잘 보이지 않겠지. 발을 헛디디면 몸이 휘청거릴 거야. 그리고 상인은 빨리 가자고 채찍질을 하고 있어. 채찍의 아픔이 몸속으로 전달되겠지. 당나귀의 몸속에는 새끼가 있어. 어미가 받는 현실의 고통이 새끼에게 전달될 텐데 둘 사이에는 물이 있지. 새끼는 그 물속에 둥실 떠 있고. 그 물이 새끼에게 전달되어야 할 충격을 완화시키고 있어. 그래서 시인은 그 물의 힘을 "아름다운 부력"이라고 표현했고 그런 아름다움을 "세상의 모든 물들이 가지고" 있다고 말하고 있지.

시인을 견자(見者)라고 부르기도 해. 견자란 보는 자란 뜻이지.

시에서 상인은 자기가 몰고 가고 있는 당나귀가 어떤 상태인지 모르지만 시인은 당나귀의 속을 훤히 들여다보고 있어. 그 들여다봄을 통해서 시인은 모성에 대한 깨달음을 얻지. 그래서 견자에는 깨달은 자란 뜻도 있어.

부력에 대해 알면 강철로 만든 배가 물에 뜨는 이유도 알 수 있어. 물속에 동전을 집어넣어도 가라앉고 쇳덩어리를 집어넣어도 가라앉는데, 몇 톤이나 되는 강철 배가 바다에 둥실 떠오르는 것은 정말 신기한 일이지.

부력은 중력과 반대로 물체를 위로 띄우려고 하는 힘이야. 부력의 크기는 물속에 잠겨 있는 물체의 부피와 같은 부피를 가진 물의 무게와 같아. 이 말이 약간 어려운가? 그럼 이렇게 생각해보자. 네모난 스티로폼을 먼저 생각해봐. 그리고 스티로폼과 같은 부피를 가진 물을 떠올려봐. 같은 부피를 가지고 있지만 어느 것이 더 무거울까. 당연히 물이겠지. 물의 무게는 스티로폼이 물속에 들어갔을 때 스티로폼이 물로부터 받는 부력의 크기라고 생각하면 돼. 부력의 크기가 스티로폼의 무게를 넘어서기 때문에 스티로폼은 당연히 물에 뜨겠지?

몇 톤이나 되는 쇳덩어리를 물에 집어넣으면 물에 가라 앉아. 하지만 이 쇳덩어리를 잘 펴서 넓은 부피를 가진 물건으로 만들어봐. 그 물건이 바로 배지. 배에 되도록 빈 공간이 많아지도록 만들어야 해. 그 빈 공간을 채울 수 있는 물의 양과 부력의 크기는 비례하거든. 부력이 배의 무게를 능가하는 힘을 가질 때까지 부피를 늘리면 배는 뜰 수 있지.

이 부력의 원리를 처음 발견한 사람은 아르키메데스(Archimedes)야. 왕관에 은이 섞여 있다는 것을 알게 되었을 때 목욕탕에서 벌거벗은 채 "유레카!" 하고 외쳤던 바로 그 사람이야.

참, 고래 이야기를 좀 더 해야겠네. 이제 고래는 다시 육지로 돌아올 수 없어. 허파로 숨을 쉴 수 있는데 이게 무슨 말이냐고? 부력을 믿고 지나치게 몸무게를 늘렸기 때문이야. 허파로 숨을 쉴 수는 있지만 육지로 올라오면 육중한 몸무게에 허파가 눌려버리지. 가끔 고래가 육지로 밀려올 때 사람들이 서둘러 고래를 바다로 돌려보내려고 하는 것도 그 때문이야.

산등성이 마을의 불빛들

권혁웅

멀리서 보면 그 마을의 불빛들은

저들끼리 일가를 이루어

바람에 깜박이곤 했습니다

별자리가 별을 낳듯

조그만 길들이 가등(街燈)을 낳고 담벼락을 낳고

시멘트 기와지붕을 낳았습니다

그 빛 더미 어디선가 나 역시

4등성처럼 희미하게 빛났을 것입니다

옆집 사는 그녀가 앉았던 자리는 치마 자리,

삼선교회가 만든 자리는 아브라함 좌(座)였을 테지만,

우리 집이 만든 성좌는 겨우

술자리였습니다 나는

낮은 처마 아래서 성문종합영어를 펴 들고,

펜은 칼보다 강하다든가

침묵은 금이다 같은

뜻 모를 구절을 암기하기도 했습니다만

돌아봐도 그곳은 여전히 캄캄하고
불빛들만 여간해서 지워지지 않았습니다
그러다 참다못한 별 하나,
가출하면서 성냥을 긋듯
슥, 타오르기도 했습니다만

지상의 별자리들

"그 빛 더미 어디선가 나 역시/4등성처럼 희미하게 빛났을 것입니다"라는 구절을 읽는데 자꾸만 "빛 더미"가 '빚더미'로 읽혀. 제목도 「산등성이 마을의 불빛들」인 걸로 봐서 시인은 그렇게 부유하지 않은 유년 시절을 보낸 것 같아. 가난한 사람들 속에서도 시인의 존재감은 그렇게 크지 않았지. "4등성처럼 희미하게 빛났을 것"이라고 말하는 것을 보니 말이야.

시인은 자신만의 별자리를 만들고 있어. "옆집 사는 그녀가 앉았던 자리"로 "치마 자리"를 만들고, 동네 교회였던 "삼선교회"로는 "아브라함" 자리를. 그리고 시인의 집에서 술을 먹던 어른들로는 "술자리"를 만들지. 이 별자리들은 모두 유년 시절의 추억으로 만든 거야. 시인이 별자리를 만든 방식은 옛사람들과 같지. 옛사람들은 자신의 희망과 근심을 주변의 생명이나 사물에 담아서 별로 그림을 그렸거든. 다만 차이점이 있다면 옛사람들이 만든 88개의 별자리는 하늘에 있는 건데 시인이 만든 별자리는 모두 땅에 있다는 거지.

별의 밝기를 구분하는 방법에는 두 가지가 있어. 우리가 일반적으로 사용하는 방법은 '겉보기 밝기'야. 겉보기 밝기란 그냥 눈으로 하늘을 보았을 때의 밝기를 가리키는 말이지. 별이 지구에서 얼마나 떨어져 있는지 그런 것을 전혀 고려하지 않는 방식이야. 다른 하나는 '실제 밝기'라고 해. 실제 밝기는 모든 별들이 지구에서 같은 거리에 있다고 생각을 하고 밝기를 재는 것이지.

혹시 사람의 손바닥 위에 난쟁이가 올라와 있는 사진을 본 적 있니? 손바닥 위에 올라와 있는 사람은 진짜 난쟁이가 아니야. 한 사람을 서 있게 하고 다른 사람을 그 사람으로부터 멀리 떨어지게 한 후 카메라의 위치를 조절하면 커다란 사람이 난쟁이처럼 누군가의 손바닥 위에 올라가 있는 사진을 찍을 수 있지. 이 사진을 보고 손바닥 위에 올라가 있는 사람이 손바닥보다 작은 난쟁이라고 말한다면 그건 두 사람 사이의 거리를 고려하지 않은 표현이겠지. 카메라로부터 사람과 손바닥의 거리를 같게 하면 손바닥 위의 사람을 난쟁이라고 부를 수 없을 거야. 이처럼 별들도 눈에 밝게 빛난다고 해서 더 밝은 별이라고 할 수 없어. 밝게 빛나는 별들은 대부분 가깝기 때문에 그렇게 보이는 것이지.

시에서 "나"는 "4등성처럼 희미하게 빛나"고 있는데 아마 이건 겉보기 밝기였을 거야. "성문종합영어를 펴 들고" 열심히 공부를

할 줄 아는 아이가 "희미한" 별일 수는 없으니까. 실제 밝기는 1등성에 더 가까웠을 거야. 그리고 지금은 더더욱 그럴 테고. 과거를 이겨내지 않은 자가 지난날의 불빛을 별자리로 만들어 추억할 수는 없는 법이거든.

이 시를 읽고 유은희 소설가의 「달의 이빨」이란 소설이 떠올랐어. 집이 망해서 산동네로 이사 간 가족의 이야기야. 철없는 딸은 발아래 평지에 펼쳐진 불빛을 보며 "와아, 별이다" 하고 외치지. 그걸 본 아빠는 딸에게 이렇게 말해. "그래, 하늘이 우리 밑에 있지. 우리 집이 최고야." 그런 남편을 보면서 아내는 남편이 잘못을 저지르고 있다고 생각해. 남편의 잘못이란 "별이 하늘에 있으면 아름답지만 발아래 있으면 슬프다는 것을 고의로 외면한 것"이지. 남편은 나뭇가지에 목을 매고 먼저 하늘나라로 가버려. 남편이 살아서 훗날 시를 썼다면 이런 분위기가 아니었을까 싶어.

한 숟가락 흙 속에

정현종

한 숟가락 흙 속에
미생물이 일억 오천만 마리래!
왜 아니겠는가, 흙 한 술,
삼천대천세계가 거기인 것을!

알겠네 내가 더러 개미도 밟으며 흙길을 갈 때
발바닥에 기막히게 오는 그 탄력이 실은
수십억 마리 미생물이 밀어 올리는
바로 그 힘이었다는 걸!

흙길이 사라지면 누구에게 좋을까

밤마다 밖에 나가서 줄넘기를 하는 내 친구가 있어. 그 친구는 무릎이 상할 수 있다고 하면서 시멘트 바닥에서는 절대로 줄넘기를 하지 않아. 아직 시멘트가 깔려 있지 않은 흙바닥 위에서 열심히 줄을 돌리지. 별로 신이 나 보이지는 않아. 좋아서 하는 게 아니라 단지 살을 빼야 하기 때문에 의무적으로 하는 것이니까. 친구가 흙바닥에서 줄을 돌리는 이유는 하나야. 시멘트 바닥보다 흙바닥이 푹신하거든. 친구가 솟아올랐다 땅에 내려올 때 친구의 체중이 무릎에 전달될 텐데 흙은 아주 좋은 쿠션이지.

그런데 그 흙이 가진 쿠션은 어찌하여 생긴 것일까? 시인은 그 쿠션이 "미생물들이 밀어 올리는" 힘이래. 재밌는 상상이지. 내가 걷고 있을 때 자기 머리가 눌리지 않게 두 손으로 내 발바닥을 다른 친구들과 함께 영차 영차 밀어 올리는 만화 같은 영상이 떠올라.

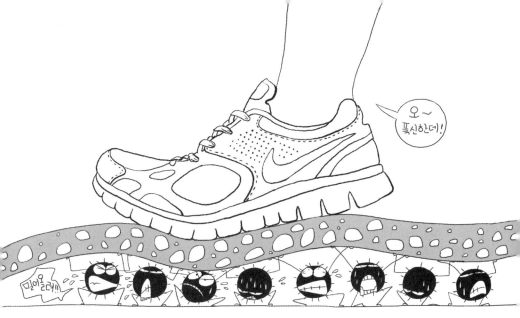

　미생물(微生物)은 말 그대로 너무 작아서 눈으로는 볼 수 없는 생물을 가리키는 말이지. 세균도 효모도 곰팡이도 다 미생물이야. 이렇게 말하고 나니까 미생물이 조금 혐오스럽게 느껴지나? 그건 세균이나 곰팡이가 병을 일으킬 수 있기 때문이겠지. 하지만 세균은 말 그대로 작다는 뜻이지 모두가 병을 일으킨다는 말은 아니야. 유산균도 세균인데 유산균이 없다면 치즈, 요구르트, 김치, 된장, 젓갈 같은 음식을 만들 수가 없지. 폐렴의 치료제로 사용되는 페니실린은 푸른곰팡이를 가지고 만든 거야. 효모로는 빵과 막걸리, 와인 등을 만들 수 있지.

　미생물은 아주 많아. 시인은 "한 숟가락 흙 속에/미생물이 일억 오천만 마리"나 있다고 해. 전 세계의 인구가 70억 명 정도 되니까. 열 숟가락이면 15억 마리. 쉰 숟가락이면 인류의 숫자를 넘어서지. 과학자들은 땅속에 살고 있는 미생물을 다 파내면 지상에서 1.5미터나 쌓아 올릴 수 있다고 주장해. 미생물은 흙 속에만 있는 게 아니야. 미생물은 어디든 살고 있어. 우리의 피부에도 살고 우리의 내장 속에서도 살지. 우리의 눈동자 위를 유유히 헤엄치면서 사는 녀석들도 있어. 우리가 가끔씩 가려워 눈을 비비는 것도 이 녀석들 때문일지 몰라. 이 얄미운 녀석들은 우리의 콧구멍, 머리카락, 눈썹, 치아 등에 살면서 우리를 먹이 창고처럼 사용해. 이쯤 되면 이 세상은 인간의 세상이 아니라 미생물의 세상이라는 생각이 들지. 미생물은 금속을 녹일 수 있는 황산 속에서도 발견되고 심지어 자신을 꽁꽁 말아 쥐고 있는 바위 속에서도 발견되지. 생명은 또 얼마나 질긴지 118년 된 고기 통조림 속에서, 166년 된 맥주병 속에서, 펄펄 끓는 온천물이 쏟아져 나오는 바다 깊은 곳에서도 발견되었어.

시인은 "흙 한 술"에서 "삼천대천세계"를 발견해. 삼천대천세계란 고대 인도인들이 생각한 우주야. 그들은 하나의 태양과 하나의 달이 있는 곳을 하나의 세상이라고 보았지. 그러니까 지구와 같은 곳이 하나의 세상인 거야. 이런 세상이 1,000개가 모이면 소천세계고, 소천세계가 1,000개 모이면 중천세계, 중천세계가 1,000개 모여 있는 것을 삼천대천세계라고 불렀어. 삼천대천세계란 그냥 간단히 우주라고 할 수 있지.

하지만 나는 각각의 세상이 모여서 우주가 되는 것이라고 생각하지 않아. 하나의 생명 그 자체가 우주라고 생각해. 하나의 해와 하나의 달이 뜨는 곳은 결국 나인데, 내가 사라지면 세상만 사라지는 것이 아니라 온 우주가 꺼져버리는 것 아니겠니?

이 시를 읽고 났더니 우리가 미생물로부터 선물을 받고 있었다는 생각이 들어. 참 좋은 선물인데 지금 우리는 그 선물을 걷어차고 있지. 요즘은 도시에서 흙길을 찾기 힘들어. 길이란 길은 콘크리트나 시멘트로 덮지 못해서 안달이지. 흙길이 자꾸 사라지면 과연 누구에게 좋은 일일까?

슬픈 부리

고영민

제 짝이 죽자
먹지도 않고 몸의 깃털을
부리로 뽑아내던 앵무새 한 마리를
TV 프로그램에서 본 적이 있다

몸에 꽂힌
깃털 수만큼의 슬픔아

늦가을, 용문사 앞뜰
제 부리로 노란 깃털을
무한정 뽑아내고 있는
저 늙은 은행나무의 짝은
누구였을까

오래된 은행나무의 슬픔

용문사 은행나무가 "노란 깃털을/무한정 뽑아내고" 있어. 가을 단풍이 떨어지는 것을 표현한 말이지. 단풍이 "노란 깃털"로 비유될 수 있는 것은 앞에 나온 앵무새 이야기 때문이겠지.

용문사는 경기도 양평에 있는 절이야. 그 절에는 동양에서 가장 큰 은행나무가 있어. 누구는 신라 마지막 왕인 경순왕의 아들이 나라를 잃고 금강산으로 가던 중 심었다고 하고, 누구는 신라의 고승 의상대사가 꽂은 지팡이라고도 하지. 그런 이야기들을 참고해보면 은행나무의 나이는 대략 1,100살에서 1,500살쯤 돼.

은행나무를 가지고 조금 가혹한 실험을 한 적이 있었지. 사람들은 잔혹한 면이 있어서 가끔 놀랄 만한 실험을 하잖아. 이번에는 은행나무가 가지고 있는 잎을 다 따버렸어. 가을이 오기도 전에 말이야. 그리고 지켜봤지. 은행나무는 가을을 넘기고 겨울을 넘겼지만 이듬 해 봄에는 싹을 틔우지 못하고 죽어버렸어. 겨울을 지나는 동안 추워서 얼어 죽었냐고? 아, 그렇게 생각할 수도 있겠다. 잎이 나무의 옷처럼 보일 수도 있으니까. 하지만 정답은 아니야. 학자들이 조사해본 결과 은행나무는 굶어 죽은 걸로 결론이 났어. 영양 실조였지. 뭔가 느낌이 오지 않니? 사라진 은행나무의 잎과 은행나무의 죽음. 과수원의 농부들은 사과나무에 벌레가 들지 않도록 무척 조심해. 벌레가 들면 사과나무의 잎을 다 갉아 먹거든. 그러면 나무가 죽기 쉬워. 벌레들이 잎을 갉아 먹는 것은 은행나무의 잎을 따버리는 것과 같은 거야.

나무가 뿌리로 물을 끌어 올리면 잎은 기공을 통해 받아들인 이산화탄소와 햇빛을 잘 섞어 영양분을 만들어. 이러한 과정을 광합성이라고 하지. 나무는 광합성 작용으로 만들어진 영양분을 잎에 보관해. 잎은 나무의 영양 창고 같은 곳이지. 그리고 가을쯤 나무는 잎에 보관된 영양분을 뿌리로 거두어들여 겨울을 나지. 봄과 여름 동안 잎이 푸르렀던 것은 은행나무 곳간이 차는 거였고 가을에 단풍이 드는 것은 곳간이 비는 거였어. 잎에는 줄기와 뿌리보다 더 많은 영양분이 보관되어 있지. 가을이 오기 전에 잎을 따버린 것은 나무가 겨울 준비를 하기 전에 영양 창고를 빼앗아버린 것과 같아. 그러니 봄이 오기 전에 은행나무는 굶어 죽어버렸던 거야.

나무는 늦가을까지 잎을 버릴 수밖에 없어. 아무런 필요도 없는 잎을 그대로 둔다는 것은 에너지 낭비거든. 쪽쪽 영양분을 빨아들일 때 잎은 노랗게, 빨갛게 시드는데 그걸 사람들은 아름답다고 해. 일 년에 한 번 단풍을 보지 못하면 아쉬워하지. 그건 푸르렀던 잎의 죽음인데 말이야.

이런 표현은 정말 멋있어. "몸에 꽂힌/깃털 수만큼의 슬픔아". 슬픔을 셀 수도 있다는 것을 보여주는 뛰어난 발견이거든. 짝을 잃은 새가 깃털을 뽑는 것은 어쩌면 당연한 일일 수 있어. 짝을 잃는 순간 더 이상 아름다워야 할 이유가 없으니까. 단 한 마리를 위해 새는 아름다웠던 거니까. 새의 아름다움은 아름다운 깃털만큼이고 그건 짝을 잃은 슬픔의 수와 같지. 시인은 이런 새의 슬픔을 은행나무에게서도 발견해. 늦가을 은행나무는 아름다운 슬픔을 "무한정 뽑아내고" 있지. 시인은 그 이유가 은행나무 역시 짝을 잃었기 때문이라 생각해.

은행나무는 매년 그렇게 "제 부리로 노란 깃털을" 뽑고 있었을 거야. 나이를 생각해봐. 은행나무의 슬픔은 얼마나 오래되고 깊은 것일까.

이십억 광년의 고독

다니카와 슈운타로

인류는 작은 공(球) 위에서
자고 일어나고 그리고 일하며
때로는 화성에 친구를 갖고 싶어하기도 한다

화성인은 작은 공 위에서
무엇을 하고 있는지 나는 알지 못한다
(혹은 네리리 하고 키르르 하고 하라라 하고 있는지)
그러나 때때로 지구에 친구를 갖고 싶어하기도 한다
그것은 확실한 것이다

만유인력이란
서로를 끌어당기는 고독의 힘이다

우주는 일그러져 있다
따라서 모두는 서로를 원한다

우주는 점점 팽창해간다
따라서 모두는 불안하다

이십억 광년의 고독에
나는 갑자기 재채기를 했다

팽창하기만 하는 세상

이 시를 가지고 이야기할 수 있는 과학은 뭘까? 내 눈엔 하도 많이 보여서 무엇을 먼저 이야기해야 할지 모르겠어.

내게 가장 눈에 띄는 문장은 "우주는 점점 팽창해간다"야. 우주가 점점 팽창하고 있기 때문에 별과 별 사이, 행성과 행성 사이는 점점 멀어지고 있어. 누군가는 만유인력의 법칙으로 이런 말을 할 수도 있겠지? "질량을 가진 물체들은 서로 잡아당기는 힘이 있어. 뉴턴이 중력을 발견한 이후 이건 상식이라고. 우주가 수축한다면 모를까 팽창한다는 건 좀 말이 안 돼." 아인슈타인도(Albert Einstein) 처음에는 우주가 팽창한다고 생각했던 프리드먼(Alexander Friedmann)과 르메트르(Georges Lemaitre)의 주장에 반대 의사를 표시했어. 그런데 아무리 보아도 우주는 수축하는 것처럼 보이지 않았지. 그래서 아인슈타인은 우주의 수축을 막는 어떤 힘이 존재한다고 믿었어. 그 힘을 '우주 상수'라고 불렀지. 하지만 아인슈타인은 곧 우주 상수를 포기해야만 했어. 허블이 우주 팽창의 증거를 발견했거든. 허블(Edwin Hubble)은 우리 은하 밖의 은하에서 나오는 빛을 스펙트럼 분석한 결과 빛의 파장이 점점 길어진다는 것을 발견했어. 빛의 파장이 점점 길어지는 것은 멀어지고 있는 것을 의미해. 도플러 효과(Doppler effect)를 생각해보면 이해하기 쉬울 거야. 도플러 효과에 따르면 우리에게 다가오는 구급차의 사이렌 소리는 높게 들리지. 그리고 우리를 지나쳐 멀어질 때 사이렌 소리는 낮게 들려. 파장이 짧을 때 높은 소리가 나고 파장이 길 때 낮은 소리가 나거든. 다가오는 빛도 마찬가지야. 관측

자와 가까워질수록 청색 쪽으로, 멀어질수록 적색 쪽으로 치우쳐. 청색은 파장이 짧고 적색은 파장이 길지.

시인은 "우주가 점점 팽창해"가고 있기 때문에 우리 "모두는 불안하다"고 말해. "불안"은 내게 "고독"의 다른 말로 들려. 고독하면 불안해지고 불안을 벗어나려는 고독이 "서로를 끌어당기는" 힘을 만들었지. 시인은 "만유인력"을 "고독의 힘"이라고 말하고 있어. 그러나 이 고독의 힘은 세상의 팽창을 막지 못하지. 점점 팽창하는 도시를 생각해봐. 그 팽창 속에서 인구밀도는 높아졌고 인간들 사이의 거리는 더욱 촘촘해졌지만 많은 사람들이 마음의 거리만큼은 멀어졌다고 생각하지. 각자 먹고살기 바빠서 주위를 돌아볼 수 없는 환경이 되어버린 거야.

"화성"은 지구에서 관찰할 수 있는 가장 가까운 행성이야. 하늘에는 구름도 있고 바람도 불어. 어떤 과학자들은 태양계가 막 형성될 때 화성과 지구가 서로의 일부를 주고받았을지도 모른다고 짐작하지. 화성을 무척 사랑했던 로웰(Percival Lowell)은 자기 돈으로 직접 천문대를 지어 죽는 날까지 화성을 관찰했어. 망원경을 들여다보며 매일 화성 지도를 그렸고 화성인이 있다고 믿었지. 화성인이 건설한 운하도 있다고 믿었고. 내가 가장 존경하는 과학자 칼 세이건(Carl Sagan)도 화성에 반드시 생명체가 살고 있을 거라고 믿었어. 물론 화성 탐사선 마리너 4호에게 큰 실망했지만.

세상이 얼마나 화성과 가까워지려고 노력했느냐면 미국의 부시(Bush) 대통령은 이런 말을 하기도 했지. "2019년에는 화성에서 축구 경기를 열겠습니다." 1989년 7월 20일의 일이야. 아폴로 11호가 달에 착륙한 지 20년이 된 때였지.

화성에 대해 우리가 몰랐을 때는 달 뒷면에 화성인들이 와서 우주 기지를 건설했을 거라고 상상했어. 그곳에서 지구를 감시하며 언젠가는 지구를 침략할 거라고 생각했지. 그런 생각들은 책과 영화로 많이 만들어졌어. 실제 어떤 라디오 방송에서는 화성인이 침공했다는 말을 장난으로 내보내는 바람에 청취자들이 대피한 적도 있었지.

"화성인"은 우리 이웃이야. 사람들이 멀리 떨어진 각자의 행성에서 살고 있다고 시인은 생각하고 있어. 나 역시 누군가의 화성인이지. 문을 닫고 있어서 서로가 무엇을 하는지 알 수 없지만 똑같이 "친구를 갖고 싶어"해. 그런 생각을 할 수 있는 것은 우리 속에 고독이 너무 크기 때문이야. 생명을 가지고 있다면 고독 속에서 그런 생각을 할 수밖에 없거든.

맛의 거리

할머니가 옛날 사탕을 하나 주면서, 사탕 하나에 든 달고 고
소한 맛이 얼마나 긴 줄 아느냐고 물었다 맛의 길이를 어떻게 재
느냐고 되물었더니, 걸으면서 재보면 운동장 열 바퀴도 넘는다
고 했다 뛰면서 재면 스무 바퀴도 넘겠다고 했더니, 자동차를 타
고 재면 서울에서 천안도 갈 거라 했다 비행기 타고 재면 제주도
도 가겠다고 했더니, 할머니는 더 이상 말을 잇지 못했다

사탕 하나 물고 다녀올 수 있는 거리
황해도 옹진이 고향이신 할머니

90

빛의 속력으로도 갈 수 없는 거리

"옛날 사탕" 기억이 나. 소 눈만큼 커서 한입에 가득하던 것. 오래 먹으려고 참을성 있게 살살 녹여 먹던 것. 달고 고소한 맛. 그게 잴 수 있는 거리였다니. 맛을 잴 수도 있다니. 할머니를 통해 맛을 잴 수도 있다는 것을 알게 되었을 때 시인은 어땠을까? 과학자가 실험실에서 새로운 원소를 발견했을 때와 같았을 거야. 그리고 보면 시인이나 과학자나 발견에 종사한다는 점에서 동종업계의 사람들인 것 같아.

여기서 황해도 옹진까지는 얼마나 될까? 한 200킬로미터? 300킬로미터? 거기도 결국엔 사탕 하나 물고 다녀올 수 있을 것 같은 거리인데 할머니는 못 가고 있어. 어렸을 때 친구가 내게 내었던 수수께끼가 생각나. 세상에서 가장 먼 나라는? 정답은 미국도, 남극도, 아프리카도 아닌 북한이었지. 아주 가깝지만 갈 수 없는 땅.

살을 맞대고 있지만 휴전선이 그어져 있어서 넘을 수 없는 땅. 그 역설적인 슬픔이 이 시에 고스란히 녹아 있어.

　나는 이 시를 가지고 상대성이론에 대한 이야기를 하고 싶었어. 근데 아무리 생각해도 좀 이상하더라고. 그래서 내가 아는 과학자를 찾아가서 이 시를 보여줬지. 잠시 시를 들여다보던 과학자는 이 시가 상대성이론에 대한 이야기라기보다는 속력에 대한 이야기라고 하더군. 동일한 시간에 서로 다른 거리를 갈 수 있는 것은 속력이 다르기 때문 아니겠느냐고 하면서 말이야.

　그 말을 듣고 보니 "옛날 사탕"이 내게는 시간으로 느껴졌어.

속력은 정해진 시간에 물체가 움직일 수 있는 거리를 계산한 거지. 정해진 시간이란 "옛날 사탕" 하나. 하지만 걷고 뛰고, 자동차를 탈 때마다 우리가 갈 수 있는 거리는 달라지지. 같은 시간에 이동한 거리가 멀수록 속력이 크다고 할 수 있어. 빠르기를 비교하기 위해선 항상 시간이 같아야 해. 거북이도 일 년간의 시간을 가지면 땅 위에서 아주 먼 거리를 갈 수 있거든. 그런 점에서 "옛날 사탕"은 속력을 비교할 때 아주 중요한 기준이 되지.

세상에서 가장 빠른 것은 빛이야. 아무리 빨라도 빛을 앞질러 갈 순 없지. 빛의 속력이 얼마나 되는지 아니? 1초에 30만 킬로미터를 갈 수 있어. 그 정도의 속력으로는 1초에 지구를 일곱 바퀴 반이나 돌 수 있지. 그럼 다시 한 번 질문해볼게. 빛의 속력은 변할까? 예를 들면 이런 경우 말이야. 날이 어두워지면 자동차를 타고 가다가 헤드라이트를 켜잖아. 이처럼 달리고 있는 차가 내뿜는 빛의 속력은 제자리에 서 있는 차가 내뿜는 빛의 속력과 같을까? 내 상식으로는 달리는 차가 내뿜는 빛의 속력이 더 빠를 것 같아. 달리는 버스의 맨 끝에서 우리가 앞으로 달려간다면 버스 밖에서 우리를 관찰하는 사람의 눈에 우리의 속력은 버스의 속력 더하기 우리의 뜀박질 속력과 같으니까.

근데 내 생각은 틀렸어. 빛은 어떤 상황에서도 속력이 변하지 않아. 달리는 차나 제자리에 서 있는 차나 그 속에서 나오는 빛의 속력은 같다는 말이지. 빛은 뉴턴 물리법칙의 예외이면서 새로운 물리법칙을 만드는 재료였어. 아인슈타인의 상대성이론은 이 빛을 재료로 해서 만들어진 거야. 빛의 속력으로 물체가 달릴 수 있다면 질량보존의 법칙도 깨지지. 빛의 속력에 가까워질수록 물체의 질량은 한없이 늘어나. 빛이 물체가 낼 수 있는 속력의 한계이기 때문이야. 물체가 빛의 속력에 도달하면 더 이상 속력을 올릴 수가 없지. 1초에 3킬로미터를 달릴 수 있는 물체는 올릴 수 있는 속력이 얼마든지 있어. 하지만 1초에 30만 킬로미터를 달릴 수 있는 빛의 속력에 도달한 물체는 더 이상 올릴 만한 속력이 없지. 이렇게 생각해보면 쉬울 것 같아. 두 물체가 바닥에 놓여 있는데 하나는 가볍고 하나는 무거워. 가벼운 물체는 쉽게 밀리는데 무거운 물체는 아무리 밀어도 움직이지 않아. 속력을 낼 수 없는 거지. 더 이상 속력을 올릴 수 없다는 것은 아무리 밀어도 움직일 수 없는 무거운 물체가 되었다는 것을 뜻해.

하지만 이런 빛의 속력으로도 다녀올 수 없는 곳이 옹진이야. 지리적인 거리보다 더 먼 거리가 사상의 거리지. 사상이란 도대체 얼마나 인간을 행복하게 해주기 위해 갈라져 있는 것일까. 할머니가 살아 있는 동안 사상의 장벽이 과연 무너질 수 있을까. 통일이 되면 나도 사탕 하나 물고 옹진에 한번 다녀와야겠어.

보이저 氏

김현욱

1

보이저* 氏의 돌잔치는 지구 밖에서 열렸다
보름달 위에 차린 돌상을 받아
홀로 돌잡이를 하였는데
웬일인지 보이저 氏는 아무것도 집지 않았다
돌상 너머 파랗게 빛나던 구슬은 이미 멀리 있다는 걸
보이저 氏는 운명적으로 알고 있었던 것이다
우주의 품속으로 무작정
엉금엉금 기어 들어가기 시작한 건
그때부터였다

2

보이저 氏는 이제 서른이다

서른 해 동안 한 일이라곤 고작
두리번두리번 걸어간 것뿐이다
수금지화목토천해명이 보이저 氏를 외우며 지나갔다
사춘기와 입시의 블랙홀을 간신히 건넜으나
무한진공의 우주 어디에도
제 몸 하나 붙박아둘 중력의 직장은 보이지 않았다
우울증이라는 소행성과 부딪칠 뻔했을 때
보이저 氏는 비로소 깨달았다
우주에 취직했다는 걸
죽을 때까지 나아가야 한다는 걸
이태백이니 삼팔선이니 이상기후의 지구에서도
용케 직장을 잡고 결혼을 하고
대범하게 아이까지 낳은 친구들이 있었지만
보이저 氏는 애오라지 걷기만 했다
내 직장은 우주다 내 일은 나아가는 것이다
남들이 비웃고 손가락질해도 보이저 氏는

조금씩 잊혀져간다 머물러 있는 사랑인 줄 알았는데

또 하루 멀어져간다

매일 이별하며 살고 있구나**

지구에서 유행하던 주문을 되뇌며

무소의 뿔처럼 성큼성큼 나아가기만 했다

아직도 보이저 氏는

우주 어딘가를 뚜벅뚜벅 걷고 있다

너무 멀리 가버려서

이제는 아무도 보이저 氏를 놀릴 수도

그리워할 수도 없다는 걸

보이저 氏조차 모른 채 우주 밖의 지구를 향해

시원(始原)의 자궁을 향해

뚜벅뚜벅

*NASA에서 1977년 발사한 무인우주탐사선. 현재 태양계를 벗어나고 있다.

**김광석의 〈서른 즈음에〉의 가사.

지구 밖 우주를 향해 가는 보이저호

시는 세상을 비추는 좋은 거울이야. 진짜 거울과 다른 점이 있다
면 현실의 모습을 그대로 보여주지는 않는다는 거지. 시는 세상을
비유나 상징으로 살짝 감추고 있지. 그걸 풀지 못하면 시는 재미
가 없어. 열쇠는 우리의 경험과 상상이야.

　나는 이 시 속에서 '삼포세대'의 모습을 보았어. 삼포세대란 치
솟는 물가와 취업난, 높은 집값 때문에 연애, 결혼, 출산을 포기한
세대를 가리키는 말이지. 주로 1970년대 중반 이후에 태어난 세
대야. 이들은 지금 '이태백'을 겪고 있고, 곧 '삼팔선'을 겪을 운명
이지. 우리나라 경제구조가 지금의 모습이라면 말이야. '이태백'
이란 이십대 태반이 백수, '삼팔선'이란 38세 퇴직을 가리키는 신
조어야. 한창 일할 나이에 일을 할 수 없다니 이처럼 우울한 일이
어딨겠니. 삼포세대는 멀리 있는 꿈을 꾸기가 힘들어. 당장 손에

잡히는 일을 하지 않으면 먹고살기가 힘들지. 서로 간의 경쟁이 치열해서 자신의 꿈이 아니더라도 얼른 잡지 않으면 세상 밖으로 미끄러지기 십상이야. 이건 분명 지구에서 벌어지고 있는 "이상 기후"임이 분명해.

이 시는 1977년 우주로 떠난 보이저호를 "보이저 氏"로 읽고 있어. 보이저호는 가슴에 골든 레코드를 품고 있지. 이 레코드에는 지구를 찾아오는 방법과 지구인들의 다양한 인사, 음악들이 실려 있어. 지적 생명체가 이것을 발견한다면 어떤 답변을 지구로 보내오거나 우리에게 찾아올 거라고 과학자들은 생각하고 있지. 골든 레코드에는 우주의 지적 생명체를 찾겠다는 과학자들의 꿈이 담긴 셈이야.

외계인은 있을까? 너는 어떻게 생각하니? "외계 생명체가 없다면 무한한 공간의 낭비"라고 말한 칼 세이건이 떠올라. 우주에는 별들이 모여 있는 은하만 해도 1,000억 개 정도 되지. 각각의 은하는 또 1,000억 개 정도의 별들을 가지고 있고. 이 별들은 적어도 하나 이상의 행성들을 거느리고 있어. 행성들의 수는 바닷가에 깔려 있는 모래알의 수보다 많지. 지구는 그중의 하나고. 그래서 지구에만 생명체가 있다면 무한한 공간의 낭비라는 말이 나온 거야.

아직 보이저호는 골든 레코드를 우주의 지적 생명체에게 전하지 못했어. 오랜 그의 꿈을 비웃는 사람들이 많지. 그렇게 많은 시간과 노력을 들였는데 결과가 그게 뭐냐고. 그게 평생을 걸고 할 만한 일이었느냐고. 그들은 보이저 氏에게는 이렇게 말하지. 진

작 네 꿈을 버렸다면 너도 남들처럼 "용케 직장을 잡고 결혼을 하고/대범하게 아이까지 낳"지 않았겠니? 그런 사람들에게 "내 직장은 우주다 내 일은 나아가는 것이다" 이렇게 말하면 얼마나 공허하게 들릴까?

보이저호는 지금도 "우주 어딘가를 뚜벅뚜벅 걷고 있어". 몇 년 전 소식에 따르면 지금 막 태양계를 벗어나고 있는 중이지. 태양계를 벗어난다는 것은 우리 눈앞에서 사라진다는 뜻이야. 이건 "놀릴 수도/그리워할 수도 없는" 거리를 갖게 된다는 말이지. 보이저호를 생각하면 이제 더 이상 젊음에 머물지 못하고 중년으로 쓸쓸히 퇴장하는 보이저 氏가 떠올라.

　태양계 밖에서 그는 꿈을 이룰 수 있을까?

　태양계를 벗어나기 전 비틀거리던 보이저호는 앞을 향하던 카메라를 뒤로 돌렸어. 그리고 한 장의 사진을 지구로 보내왔지. 사진 속 수많은 별들 중에는 지구라고 불리는 푸른 점 하나가 박혀 있었어.

따뜻한 얼음

박남준

옷을 껴입듯 한 겹 또 한 겹
추위가 더할수록 얼음의 두께가 깊어지는 것은
버들치며 송사리 품 안에 숨 쉬는 것들을
따뜻하게 키우고 싶기 때문이다
철모르는 돌팔매로부터
겁 많은 물고기들을 두 눈 동그란 것들을
놀라지 않게 하려는 것이다

그리하여 얼음이 맑고 반짝이는 것은
그 아래 작고 여린 것들이 푸른빛을 잃지 않고
봄을 기다리고 있기 때문이다

이 겨울 모진 것 그래도 견딜 만한 것은
제 몸의 온기란 온기 세상에 다 전하고
스스로 차디찬 알몸의 몸이 되어버린 얼음이 있기 때문이다
쫓기고 내몰린 것들을 껴안고 눈물지어본 이들은 알 것이다

햇살 아래 녹아내린 얼음의 투명한 눈물자위를

아 몸을 다 바쳐서 피워내는 사랑이라니

그 빛나는 것이라니

얼음이 물보다 가벼운 이유

친구 집에 놀러 갔다가 시집을 두고 온 적이 있어. 그 시집을 돌려 받기 위해 친구를 또 만났지. 친구가 시집을 돌려주면서 곽해룡 시인의 「얼음 연못」이라는 시 재밌던데. 그렇게 말하는 거였어. 얼음 연못? 응. 시집에 있던데. 친구는 시집을 펼쳐서 내게 읽어 주었지. "연못이/문을 닫았다//물자라 장구애비 물땅땅이 개아재 비/감기 걸리지 말라고/단단한 통유리 문을 닫았다."

시인은 "얼음"을 추위를 막아주는 "통유리 문"으로 바라보고 있 었어. 그때 얼음을 이불이라고 표현한 시가 떠올랐고 얼음을 강이 겨입는 옷이라 표현한 시도 떠올랐어. "통유리 문"이나 "이불"이 나 "옷"이나 말은 다르지만 상징적인 의미는 모두 같지. 물속의 생물들이 추위에 덜 떨 수 있도록 해주니까.

확실히 얼음이 얼면 덜 추운 것 같아. 추워서 얼음이 어는 건데 얼음이 얼수록 덜 춥다니. 재밌는 현상이지. 혹시 얼음이 왜 수면부터 어는지 생각해본 적 있니? 바닥부터 얼 수도 있을 텐데 말이야. 그건 물이 가지고 있는 재밌는 성질 때문이야. 대부분의 물질은 기체에서 액체, 액체에서 고체로 몸을 바꿀 때마다 부피가 줄어들어. 물도 기체에서 액체로 바뀔 때는 부피가 줄어들지. 그런데 액체에서 고체가 될 때는 부피가 늘어나. 처음부터 늘어나는 것은 아니고 다른 액체들처럼 부피가 줄다가 어는 상태에 가까워지면 부피가 늘어나. 같은 양의 물이 부피가 커졌으니 같은 부피의 액체와 고체를 비교할 때 고체가 가벼운 거지. 그래서 얼음이 물에 뜨는 거야.

만약 얼음이 물에 뜨지 않으면 가라앉겠지? 얼음이 물에 가라앉으면 강이나 호수는 더 빠른 속도로 얼게 돼. 강이나 호수는 바닥부터 차곡차곡 쉽게 얼음을 쌓아서 물속에 살고 있는 생명들을 모두 냉동 상태로 만들어버리지. 그러면 모두 살아남기 힘들 거야.

얼음이 바닥에 가라앉을수록 더 빨리 물이 어는 것은 물속의 온기가 밖으로 빠져나가는 것을 막아주지 못하기 때문이야. 수면에 얼어 있는 얼음은 고통스러울 정도로 차지만 물속의 온기가 빠져나가지 않도록 해주지. "추위가 더할수록 얼음의 두께가 깊어지는 것은" 물속의 온기가 빠져나가지 않도록 생명을 더 단단히 끌어안은 모습과 같지. 얼음이 그렇게 하는 이유는 "버들치며 송사리 품 안에 숨 쉬는 것들을/따뜻하게 키우고 싶기 때문"이라고 시인은 말하지. 이런 표현은 물의 상태 변화가 세상에 어떤 영향을

주는지 본능적으로 알고 있기 때문에 가능한 거야.

　이 시를 읽다 보니 겨울 강을 보면서 무심코 한 "돌팔매"질이 부끄럽게 느껴져. 나는 얼음이 얼마나 단단하게 얼었는지 확인하기 위해 겨울 강에 돌을 던진 적이 많아. 작은 돌을 던져서 깨지지 않았을 때는 더 큰 돌을 던졌고, 그래도 깨지지 않았을 때는 내 힘으로 들 수 있는 최대한의 돌을 '쾅' 하고 얼음 위에 던져놓은 적이 있지. 그때마다 "두 눈 동그란" 생명들은 놀랐을 텐데 얼음은 온 힘을 다해 그들의 방패가 되려고 했을 거야. 이 시를 읽어보니 그걸 알겠어.

바람이 불어

윤동주

바람이 어디로부터 불어와
어디로 불려가는 것일까.

바람이 부는데
내 괴로움에는 이유가 없다.

내 괴로움에는 이유가 없을까.

단 한 여자를 사랑한 일도 없다.
시대를 슬퍼한 일도 없다.

바람이 자꾸 부는데
내 발이 반석 위에 섰다.

강물이 자꾸 흐르는데
내 발이 언덕 위에 섰다.

바람이 부는 이유

고대에는 이런 대화가 가능했지.

"이렇게 바람이 거친 것을 보니 신이 단단히 화가 난 모양이야."

"그러게 말이야. 이렇게 숨소리가 거친 것을 보니."

고대인들은 바람이 공기의 흐름이라는 것을 몰랐어. 왜냐하면 공기의 존재 자체를 몰랐거든. 그들은 풀리지 않는 자연현상들을 신의 탓으로 돌리는 경향이 있었지. 그래서 바람을 신의 숨소리라고 생각했고, 숨소리가 거칠수록 신이 더더욱 화가 난 것이라고 생각했어. 바람의 뭉치인 태풍이 오면 하늘을 향해 머리를 조아리고 용서를 빌었어. 불벼락이라도 이 세상에 떨어질까 봐 말이야.

공기의 존재를 실험으로 증명한 사람은 엠페도클레스(Empedocles)야. 그는 '물도둑'이라는 간단한 기구를 사용해서 공기의 존재를 증명했지. 물도둑은 물을 훔친다는 뜻이야. 우리가 사용하

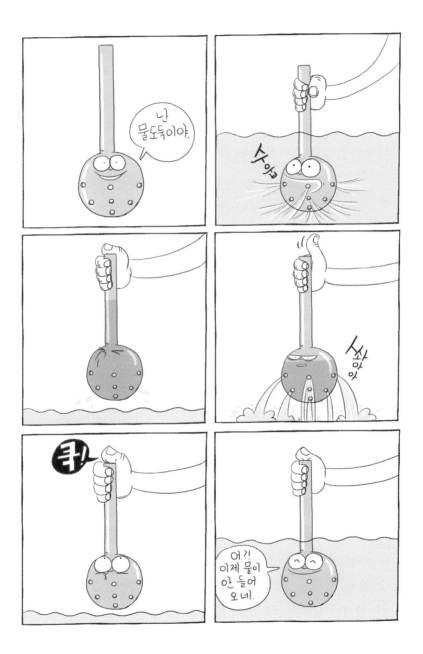

는 국자 같은 거지. 속이 뚫려 있는 기다란 대롱에 놋쇠로 만든 공이 붙어 있어. 공은 구멍이 송송송 뚫려 있고 속은 비었어. 엠페도클레스는 물도둑을 물에 담근 다음 대롱의 끝을 열어 둔 채 들어 올렸어. 그러자 공 속의 물이 쏟아졌지. 다음엔 엄지손가락으로 대롱의 끝을 막은 다음 들어 올렸어. 공 속의 물이 쏟아지지 않았어. 마지막으로 엄지손가락으로 대롱의 끝을 막은 다음 물속으로 집어넣었어. 공 속으로 물이 들어오지 않았지. 그때 텅텅 비어 있어 보이는 공 속에 뭔가가 있다고 생각했어. 나중에 그것을 공기라고 부르게 되었지.

지구의 한 점에 공기가 쌓이면 바람이 불게 되어 있어. 한 점에 공기가 쌓인다는 것은 그곳이 공기를 많이 가진다는 것을 뜻해. 그러면 그 지점은 고기압이 되지. 상대적으로 공기가 적게 모여 있는 곳은 저기압이 되겠지. 자연은 힘의 평형을 이루려고 하는 성질이 있기 때문에 한곳에 압력이 강하면 그 힘을 나누려고 해. 바람이 분다는 것은 그 힘을 나누려고 노력하고 있다는 뜻이지. 자연은 부익부 빈익빈을 아주 싫어해. 단 한순간도 그런 상태가 유지되는 것을 용납하지 않기 때문에 바람은 조금이라도 쉬지 않고 불고 있는 거야. 어디에서? 고기압에서 저기압으로.

시인은 "바람이 어디로부터 불어와/어디로 불려가는 것일까" 궁금해하고 있어. 이제 우리는 바람이 어디에서 어디로 부는지 알고 있지. 그리고 왜 그렇게 하는지 바람의 뚜렷한 목표를 알고 있어. 하지만 시인은 자기 삶의 목표를 발견하지 못하고 있어. 식민지 시절 지식인으로서 뭔가를 하긴 해야 할 것 같은데 뭘 어떻게 해야 할지 모르고 한곳에 머물러 있지. 어딘가로 불어가야 하는데 그러지 못하고 있으니 "괴로"운 거야.

커밍아웃

황병승

나의 진짜는 뒤통순가 봐요
당신은 나의 뒤에서 보다 진실해지죠
당신을 더 많이 알고 싶은 나는
얼굴을 맨바닥에 갈아버리고
뒤로 걸을까 봐요

나의 또 다른 진짜는 항문이에요
그러나 당신은 나의 항문이 도무지 혐오스럽고
당신을 더 많이 알고 싶은 나는
입술을 뜯어버리고
아껴줘요, 하며 뻐끔뻐끔 항문으로 말할까 봐요

부끄러워요 저처럼 부끄러운 동물을
호주머니 속에 서랍 깊숙이
당신도 잔뜩 가지고 있지요

부끄러운 게 싫어서 부끄러울 때마다

당신은 엽서를 썼다 지웠다

손목을 끊었다 붙였다

백 년 전에 죽은 할아버지도 됐다가 고모할머니도 됐다가……

부끄러워요? 악수해요

당신의 손은 당신이 찢어버린 첫 페이지 속에 있어요

이게 다 유성생식 때문이야

내가 좋아하는 여자가 있어. 그 여자는 돈을 많이 벌어 오는 남자를 좋아하지. 내가 그녀를 좋아하기 때문에 나는 돈을 더 많이 벌기 위해 노력하겠지. 좋은 차를 굴려야 하고 좋은 집을 가지려고 노력할 거야. 여자가 원한다면 나는 어서 변할 수밖에 없지. 돈을 많이 벌어 오는 다른 남자가 그 여자를 먼저 채 갈 수도 있으니까. 이제 나를 좋아하는 여자가 있어. 나는 예쁜 여자가 좋아. 그 여자는 노력하겠지. 더 예뻐지기 위해 돈과 시간을 투자할 거야. 나의 바람을 따라 여자는 달라지려 하지. 때로는 힘들고 귀찮은 일이야. 그럼에도 불구하고 우리가 그렇게 하는 것은 유성생식 때문이지.

'생식(生殖)'은 아버지와 어머니가 결혼을 해서 우리에게 유전자를 물려주는 것이고, '유성(有性)'이란 그런 유전자를 물려주기 위해 다른 성이 필요하다는 뜻이지. 다시 말해 자식을 낳기 위해서는 반드시 남자와 여자가 있어야 한다는 말이야. 초원에서 사슴이 뿔을 겨루는 것, 캘리포니아 해변에서 바다코끼리들이 엄니로 서로를 공격하는 것도 모두 암컷을 차지하기 위해서지. 뿔이 부러지고 다치고 죽을 수 있는데도 때가 되면 싸움을 다시 시작하지. 이것도 다 유성생식 때문이야.

　우리 사회가 동성애자들을 고깝게 보는 것도 유성생식 때문이야. 대부분이 유성생식을 하고 그게 자연스러운 본능이라고 생각하는데 다른 성이 필요가 없다고 하니 이상해 보이지 않겠어? 우리 사회에서는 성도 다수결의 원리를 피해 갈 수 없지. 많은 사람

들은 이렇게 생각하고 있어. "동성애는 인간의 본성과 맞지 않다. 아이도 낳지 못하는 사랑을 왜 하냐." 다수결의 원리가 다수의 폭력으로 느껴지는 순간이지.

동성애자임을 공식적으로 밝히는 것을 커밍아웃이라고 해. 언젠가 한 남자 연예인이 동성애자임을 선언한 적이 있지. 그 남자는 방송국에서 퇴출당했어. 국민 정서가 그를 받아들일 수 없다는 것이 이유였지. 미국에서 발행되는 신문에서 그가 인터뷰한 기사를 읽은 적이 있는데 커밍아웃 이후 가족들은 "이럴 바에 다 죽자"며 슬퍼했다고 하더군. 가짜가 아니라 진짜로 살고 싶다고 외쳤을 뿐인데 왜 비난을 받고 가족들은 그렇게 슬퍼해야 하는지 나로선 안타까울 뿐이야.

동물 사회에서 동성애는 무척 흔한 것이라서 커밍아웃을 할 필요가 없어. 그런 예들만을 모아놓은 책이 백과사전 분량은 된다고 해. 그래서 동물 생태에 대해 오랫동안 연구를 해온 최재천 교수는 동성애를 병으로 보기가 어렵다는 의견을 내놓은 적이 있지. 그분의 책을 읽어보면 갈매기의 사회에선 동성애를 넘어 양성애도 흔하다는 것을 알 수 있어. 갈매기들은 암컷과 수컷이 만나 알을 낳은 후 암컷이 마음에 맞는 다른 암컷과 각자 낳은 알을 모아놓고 함께 돌보는 경우도 많아. 미국 애리조나 사막에 사는 채찍꼬리도마뱀도 동성애를 하고 침팬지나 보노보도 동성애를 해. 과학자들은 인류도 오랜 진화의 역사 속에서 동성애를 자연스럽게 받아들였을 것이라고 생각하고 있어. 가까운 고대 그리스 시대만

해도 동성애를 하는 사람은 흔했고 심지어 소크라테스도 동성애
자였다는 말이 있지.

이 시의 제목은 「커밍아웃」이야. 시적 화자를 동성애자로 설정
하면 비교적 시의 구절들이 쉽게 풀려. 사람들은 동성애자들 앞에
서는 웃고 이해한다고 하지만 뒤에서 다른 말을 하는 경우가 많
지. 결국 사람들이 진실을 드러내는 곳은 동성애자의 앞이 아니라
뒤일 때가 많아. 그래서 화자는 "나의 진짜"는 "나"의 얼굴이 아니
라 "뒤통수"라고 말하는 거야. "얼굴을 맨바닥에 갈아버리고 / 뒤
로 걸을까 봐요"라는 말은 뒤에서 소곤거리는 사람들에게 당당하
고 싶다는 뜻으로 읽을 수도 있겠지. 진실하게 만나고 싶다는 뜻
으로도 읽을 수 있고. 화자는 또 "나"의 진짜가 "항문"이라고 말하
고 있어. 사람들이 "혐오스러워"한다는 것도 알지. 이 혐오스러움
은 이성애자가 동성애자를 바라보는 시선이기도 하지. 하지만 화
자는 자신의 진짜 모습을 사람들에게 보여주고 싶고 인정받고 싶
어해.

내 눈에 이 시는 동성애의 문제로만 읽히지 않아. 가짜가 아니
라 "진짜"로 살고 싶어하는 인간의 열망이 녹아 있는 시로 보여.
그리고 결점, 부끄러움을 "호주머니" 속에 가지고 있다면 누구나
시 속의 화자가 될 수 있지. 나 역시 마찬가지. 과연 "서랍 깊숙
이" 숨겨두고 싶은 "부끄러운 동물"을 가지고 있지 않은 사람이 있
을까?

무지개

윌리엄 워즈워스

하늘의 무지개를 바라보면
내 마음이 뛴다
나 어려서 그러하였고
어른이 된 지금도 그러하며
내가 늙어도 그러하리라
아니면 차라리 죽는 게 나으리
어린이는 어른의 아버지
바라노니 내 삶의 매순간이
자연의 경건함으로 이어지기를

나를 나일 수 있게 하는 빛

비가 온 다음 날, 해를 등지고 하늘을 바라보면 무지개를 볼 수 있지. 운이 좋다면 말이야. 만일 프리즘이 있다면 무지개를 책상 위에도 만들 수 있어. 유리창에 비친 햇살을 프리즘에 통과시키면 책상 위에 무지개가 펼쳐지지.

이렇게 눈앞에 펼쳐진 색을 우리는 가시광선(可視光線)이라고 불러. 가시광선이란 눈으로 볼 수 있는 빛이라는 뜻이지. 이 빛들이 적당히 섞이면 세상에 있는 모든 색깔이 돼. 하얀 구름빛도 되고 붉은 저녁노을빛도 되지.

무지개를 자세히 보면 일곱 가지 색이 아니라는 것을 알 수가 있어. 빨강과 주황 사이, 주황과 노랑 사이에는 우리가 아직 이름 붙이지 못한 색들이 무수히 많지. 표현할 단어가 부족한 문화권에서는 무지개를 다섯 가지 정도의 색으로밖에 나누지 못하기도 해.

세 가지 색밖에 나눌 수 없는 곳도 있고.

나는 무지개를 많이 보아왔어. 그리고 무지개를 많이 만들어보기도 했어. 프리즘이 없어도 분무기 정도로 만들 수 있거든. 옷을 다릴 때 사용하는 분무기를 들고 마당에 나가 이쪽저쪽으로 몸을 돌려가다 보면 무지개가 생기는 곳을 발견할 수 있지. 친구들이 없을 때는 무지개를 만드는 것이 유일한 놀이였던 적도 있어. 하지만 언제부턴가 하늘에 무지개가 떠도 별 감흥이 없었지.

그러다 얼마 전 책상 위에 펼쳐진 무지개 위에 빨간 장미를 올려놓았다가 깜짝 놀란 일이 있어. 붉은 장미가 검게 변해버렸거든. 장미가 본래의 색을 잃고 검은 색으로 변해버린 것은 반사할 색이 없기 때문이었어. 붉은 장미가 빨강, 주황, 노랑, 초록, 파랑, 남, 보라 중에 빨간색 위에 놓이지 않고 다른 색 위에 놓였다는 뜻이지. 붉은 장미는 붉은색만 반사할 수 있거든. 그래서 붉은색인 거고. 세상 모든 사물은, 생명은 자신의 색만 반사할 수 있지. 만일 빛 속에 자신의 색이 없다면 검은색으로 변해버려. 빛들이 흡수되기 때문이야. 이건 이 세상에 나를 나이게 만드는 빛이 있다는 말이지. 무지개를 새롭게 생각해볼 수 있는 흥미로운 경험이었어.

태어나서 무지개를 처음 본 아이의 마음은 어떨까? 호기심과 아름다움으로 마음이 뛰겠지? 나도 그랬고 잘 생각해보면 너희들도 그랬을 거야. 나는 어렸을 때 무지개가 뜨는 곳을 찾아 여행을 떠나보고 싶다는 생각을 하기도 했어.

어른들에게 세상은 점점 무뎌지고 있어. 무지개가 아무런 감흥을 주지 못할 때가 많지. 아이러니하게도 그건 어른들이 아이들보다 지식이 많고 보고 들은 것이 많기 때문이야. 어느 순간 어른들은 숫자로 말해주지 않으면 무지개의 가치를 모를 때가 많지. 무심하게 있다가 어른으로 막 접어들려는 아이가 "오늘 일 억짜리 무지개를 보았어요" 하면 "어디서?" 하고 겨우 관심을 갖는 정도지.

"어린이는 어른의 아버지"라고 시인이 말하는 것은 어린이가 사물에 대한 감각을 어른처럼 잃어버리지 않았기 때문이야. 그 감각을 잃지 않을 때 사물의 진정한 아름다움을 발견할 수 있지. 시인은 늙어서까지 그 감각을 잃지 않기를 간절히 바라고 있어. '낯설게 하기'란 문학적 용어는 예술가들의 이런 간절한 바람에서 탄생된 말이지.

새의 날개 안쪽

이문재

날개 안쪽은 희지만
바깥쪽은 검은 새들이 있다
눈 밝은 적들이 새의 상공에 있다는 증거다
약한 새들이 검은 땅 위에 산다는 증거다
아주 오래된 슬픈 보호색

샌드위치로 점심을 때우고
고층 빌딩 옥상에서 혼자 담배를 피우다 보았다
검은 빌딩들 사이로 선회하는
비둘기 떼 날개 안쪽의 흰 빛깔
아마 저 고운 흰 빛깔이 불빛이리라
둥지에서 기다리는
어린 새끼들을 위한

흑인들의 손바닥은 얼마나 흰가
사람들의 정수리는

내 어깻죽지는 또 얼마나 검은가
검은 땅 높은 빌딩

슬픈 보호색

숨어 있겠다는 녀석들이 많아. 미루나무를 아무리 뒤져봐도 울고 있는 매미를 발견하지 못하던 여름이 있었지. "내 사랑, 나 여기 있어" 이렇게 노래를 부르면서도 모습은 드러내지 않던 매미. 모습을 드러내면 천적에게 잡히니까. 잡혀서 죽을 수도 있으니까. 죽는다는 건 사랑을 이루지 못하는 거니까. 꼭꼭 숨어 있었던 거야. 그래서 매미의 소리를 노래라고 하지 않고 울음이라고 하나 봐. 사랑의 노래지만 숨어서 부를 수밖에 없으니까, 그게 슬프니까.

어쩌다 발견한 매미는 미루나무 껍질 같았어. 미루나무 껍질이 되지 못해 안달 난 것 같았지. 미루나무 껍질과 같은 색이 매미의 보호색이야. 힘없는 동물들에게는 그게 자신을 보호하는 생존 무기인 셈이지. 약한 것들은 눈에 띄어봐야 해를 입을 게 뻔하니까 주변 환경과 같아지거나 아예 환경이 되어버리려고 하지.

시인은 옥상에서 "날개 안쪽은 희지만/바깥쪽은 검은 새"들을 발견해. 그리고 "눈 밝은 적들이 새의 상공에 있다"고 말해. 이게 무슨 말일까. 새는 날 때 날개를 펼치기 때문에 위에서 보면 검은 날개가 보이겠지. 검은 색은 땅과 가까운 색이야. 강한 새가 위에서 내려다볼 때 약한 새는 땅의 일부로 보일 거야. 그러면 강한 새에게 잡힐 위험은 줄어들겠지. 바다에 사는 꽁치나 정어리의 등이 푸른 것도 같은 이유야. 이것들은 위에서 보면 바다의 일부로 보이지. 이런 보호색은 단숨에 만들어진 것이 아니라 오랜 시간 진화를 통해 완성되었어. 이러한 색을 갖지 못한 친구들은 쉽게 목숨을 잃었고, 결국 생태계에서 종족을 보존할 수 없게 되었지. 그래서 시인은 그 색을 "아주 오래된 슬픈 보호색"이라고 말해.

보호색을 가진 녀석들 중에 재밌는 녀석들이 많아. 도마뱀은 나뭇잎처럼 위장하고, 여치는 풀잎처럼 보이지. 카멜레온은 환경에 맞게 순간적으로 자신의 몸 색깔을 바꿔. 내가 제일 재미있게 생각하는 녀석은 나무늘보야. 이 녀석은 브라질 남부에서 아르헨티나 북부에 걸쳐 사는데 식물인지 동물인지 쉽게 구분이 안 가는 녀석이지. 아무리 급해도 한 시간에 400미터 이상의 속도로는 움직이지 않고 하루에 스무 시간 이상 잠을 자. 이 녀석의 유일한 취미는 게으름 피우기야. 그런 취미 덕에 몸에 풀을 자라게 할 수 있지. 너무 느리게 움직이니까 몸으로 떨어진 씨앗이 몸 밖으로 굴러떨어질 염려가 없어. 그래서 비가 내리지 않는 건기에는 몸에서 갈색 식물들이 자라고 비가 많이 내리는 우기에는 초록색 식물들이

자라. 갈색과 초록색은 이 녀석을 숲의 일부로 보이게 하는 훌륭한 보호색이야. 이런 색깔 덕에 나무늘보는 스라소니, 독수리, 아나콘다 등의 천적으로부터 자신을 보호할 수 있어. 이 녀석을 보고 있으면 바쁘게 사는 것만이 좋은 것은 아니라는 생각이 들어. 천천히 살면서 몸에서 씨앗이 싹틀 수 있게 하는 것도 삶의 한 방법이지 않을까 하는. 느림의 미학을 가르친다고나 할까.

시인은 우리의 "검은 정수리"도 보호색이래. 그건 우리 위에서 누군가 우리를 노린다는 뜻이고 우리가 땅에 바짝 엎드리고 조심해서 살아야 할 만큼 약한 존재라는 뜻이지. 거대한 빌딩의 옥상에서 샌드위치로 점심을 때우며 시인은 비둘기와 자신의 처지가 별반 다를 게 없다는 것을 발견하지. 하지만 시인이 발견한 것은 검은 보호색만이 아니야. 검은 보호색이 감추고 있는 이면을 바라보고 있지. 둥지로 돌아온 새가 날개를 접을 때 어린 새끼들에게 보여주는 "흰 빛깔". 흑인들이 쥐고 있는 하얀 손바닥. 그 하얀 것들을 시인은 "불빛"이라고 말하고 있어.

안개

1

아침저녁으로 샛강에 자욱이 안개가 낀다.

2

이 읍에 처음 와본 사람은 누구나
거대한 안개의 강을 거쳐야 한다.
앞서 간 일행들이 천천히 지워질 때까지
쓸쓸한 가축들처럼 그들은
그 긴 방죽 위에 서 있어야 한다.
문득 저 홀로 안개의 빈 구멍 속에
갇혀 있음을 느끼고 경악할 때까지.

어떤 날은 두꺼운 공중의 종잇장 위에

노랗고 딱딱한 태양이 걸릴 때까지
안개의 군단(軍團)은 샛강에서 한 발자국도 이동하지 않는다.
출근길에 늦은 여공들은 깔깔거리며 지나가고
긴 어둠에서 풀려나는 검고 무뚝뚝한 나무들 사이로
아이들은 느릿느릿 새어나오는 것이다.
안개에 익숙하지 않은 사람들은 처음 얼마 동안
보행의 경계심을 늦추는 법이 없지만, 곧 남들처럼
안개 속을 이리저리 뚫고 다닌다. 습관이란
참으로 편리한 것이다. 쉽게 안개와 식구가 되고
멀리 송전탑이 희미한 동체를 드러낼 때까지
그들은 미친 듯이 흘러 다닌다.

가끔씩 안개가 끼지 않는 날이면
방죽 위로 걸어가는 얼굴들은 모두 낯설다. 서로를 경계하며
바쁘게 지나가고, 맑고 쓸쓸한 아침들은 그러나
아주 드물다. 이곳은 안개의 성역(聖域)이기 때문이다.

날이 어두워지면 안개는 샛강 위에
한 겹씩 그의 빠른 옷을 벗어놓는다. 순식간에 공기는
희고 딱딱한 액체로 가득 찬다. 그 속으로
식물들, 공장들이 빨려 들어가고
서너 걸음 앞선 한 사내의 반쪽이 안개에 잘린다.

몇 가지 사소한 사건도 있었다.
한밤중에 여직공 하나가 겁탈당했다.
기숙사와 가까운 곳이었으나 그녀의 입이 막히자
그것으로 끝이었다. 지난겨울엔
방죽 위에서 취객(醉客) 하나가 얼어 죽었다.
바로 곁을 지난 삼륜차는 그것이
쓰레기 더미인 줄 알았다고 했다. 그러나 그것은
개인적인 불행일 뿐, 안개의 탓은 아니다.

안개가 걷히고 정오 가까이
공장의 검은 굴뚝들은 일제히 하늘을 향해
젖은 총신(銃身)을 겨눈다. 상처입은 몇몇 사내들은
험악한 욕설을 해대며 이 폐수의 고장을 떠나갔지만
재빨리 사람들의 기억에서 밀려났다. 그 누구도
다시 읍으로 돌아온 사람은 없었기 때문이다.

3

아침저녁으로 샛강에 자욱이 안개가 낀다.
안개는 그 읍의 명물이다.
누구나 조금씩은 안개의 주식을 갖고 있다.
여공들의 얼굴은 희고 아름다우며
아이들은 무럭무럭 자라 모두들 공장으로 간다.

우리는 안개의 주식을 갖고 있다

안개가 생기려면 조건이 필요해. 기온은 이슬점 이하로 내려가야 하고 습도가 높을수록 좋지. 응결핵으로 사용할 만한 먼지가 많으면 더욱 유리하지. 이 시를 읽다 보면 화자가 묘사하고 있는 곳이 이런 조건에 꼭 맞는 동네인 것 같아. 강 근처에 있으니까 수증기가 풍부하고 공장 근처니까 먼지가 많겠지. 태양이 높이 뜨지 않는 아침, 저녁이라는 시간은 이슬점 아래로 내려가기 쉬운 때이니 "아침저녁으로 샛강에 자욱이 안개가 낀다"라는 표현은 퍽이나 설득력 있게 들려.

이 시에는 산업화 시기의 런던을 떠올리게 하는 구절들이 많아. "안개의 군단은 샛강에서 한 발자국도 이동하지 않는다", "습관이란/참으로 편리한 것이다. 쉽게 안개와 식구가 되고", "공장의 검은 굴뚝들은 일제히 하늘을 향해/젖은 총신을 겨눈다", "폐수의 고장"과 같은 구절들이지. 이 구절들은 우리나라의 어떤 시절을 비유적으로 표현한 거야. 그런 시절을 만든 것은 결국 우리니까 시인의 말처럼 우리는 "누구나 조금씩은 안개의 주식을 갖고" 있는 셈이겠지.

안개는 영국의 "명물"이야. 영국에 안개가 많은 것은 주변의 두 해류 때문이지. 하나는 멕시코 만류라고 불리고 다른 하나는 북극 해류라고 불려. 멕시코 만류는 난류고, 북극 해류는 한류야. 두 해류가 도버 해협에서 만나는데 그때 북극 해류가 멕시코 만류의 온도를 낮추는 역할을 하지. 10월에서 1월 사이에는 북극 해류의 온도가 훨씬 낮기 때문에 멕시코 만류는 더 빠른 속도로 식기 시작해. 그때는 더 짙은 안개가 런던을 가득 채우게 되지. 셜록 홈스는 소설에서 이 안개를 우유를 쏟아 부은 것 같은 안개라고 표현했어. 셜록 홈스가 활약하던 시절의 사람들은 낮인데도 글자를 읽기 위해 성냥불을 켜야 했고, 종종 발을 헛디뎌 템스 강에 빠지는 일이 많았지. 모두 다 짙은 안개 때문이었어.

그런데 런던의 안개가 유명해진 것은 산업화 시절 매연의 역할이 컸어. 런던에는 공장 굴뚝이 많았고 사람들은 난방을 위해 석탄을 주로 사용했지. 공장과 집에서 나오는 매연은 안개와 합쳐져서 스모그(smog)를 만들었어. 안개는 더욱 짙어졌고 햇빛은 차단됐지. 사람들은 추워서 석탄을 더 많이 땠고 굴뚝에서는 더 많은 매연이 쏟아졌어. 악순환이었던 거지.

이 스모그는 1952년 어느 겨울 런던을 빠져나가지 못하고 눌러 앉아버렸어. 기온역전 현상 때문이었지. 보통 지표면의 온도는 상층부보다 높아서 공기가 위로 떠올라 바람이 불게 되어 있는데 그해 런던에서는 이상하게 지표면의 온도가 상층부보다 낮아 바람이 불지 못했어. 바람이 불지 못하다 보니 오염 물질들을 밖으로 빼내고 새 공기를 불러들일 수가 없었지. 딱 일주일 스모그가 런던을 점령했는데 그때 런던 시민 1만 2,000명이 목숨을 잃었어.

안개를 괴물로 만든 것은 더 빨리 달려가겠다는 산업화에 대한 인간의 욕망이었을 거야. 그 욕망을 충족시키기 위해 우리는 어떤 죽음에 대해서도 "안개의 탓"을 하지 못했지. 그저 "개인적인 불행일 뿐"이라며 쉽게 외면했지.

사람을 쬐다

유홍준

사람이란 그렇다

사람은 사람을 쬐어야지만 산다

독거가 어려운 것은 바로 이 때문, 사람이 사람을 쬘 수 없기
때문

그래서 오랫동안 사람을 쬐지 않으면 그 사람의 손등에 검버
섯이 핀다 얼굴에 저승꽃이 핀다

인기척 없는 독거

노인의 집

군데군데 습기가 차고 곰팡이가 피었다

시멘트 마당 갈라진 틈새에 핀 이끼를 노인은 지팡이 끝으로
아무렇게나 긁어보다가 만다

냄새가 난다, 삭아

허름한 대문간에

눈가가 짓물러진 할머니 한 사람 지팡이 내려놓고 앉아 지나
가는 사람들 바라보고 있다 깊고 먼 눈빛으로 사람을 쬐고 있다

녹스는 사람

몸에 피는 검버섯을 다른 말로 저승꽃이라고 불러. 사람이 뿌리고 줄기는 없는 슬픈 꽃이야. 살날이 얼마 남지 않았다는 뜻이거든. 우리 할머니 몸에도 그 꽃은 피어났어. 결국 그 꽃에 파묻혀 돌아가셨지. 나이가 들면 자연스럽게 피는 것이라고 생각했는데 시인은 그게 사람을 쬐지 않아서 그런 거라고 해. 검버섯을 바라보는 시인의 눈은 노인들의 외로움, 사랑하는 사람들을 떠나보낸 황혼기를 잘 해석한 것으로 보여. 우리는 사는 동안 많은 사람들을 사귀다가 결국 죽음으로 이별하지 않겠어? 그들과 이별할 때마다 점점 사람 쬐기가 힘들 거야.

나는 할머니의 얼굴에 피던 검은 점을 녹이라고 생각한 적이 있어. 오래된 쇠처럼 할머니가 녹슬고 있다고 생각했지. 쇠에 녹이 스는 것과 노화가 일어나는 것은 모두 산소 때문이야. 산소가 쇠와 반응하고 우리 몸속으로 들어가 세포를 손상시키는 활성산소가 되기 때문에 생긴 일이지. 그러면 쇠에 녹이 슬면 무게는 줄어들까, 늘어날까? 쇠에 그냥 녹이 붙은 거라고 생각하면 무게가 늘어날 것 같고 쇠의 어떤 부분이 상한 것이라고 생각하면 가벼워질 것 같아. 썩어드는 나무는 점점 가벼워지잖아. 과일이나 뭐 이런 것을 오래도록 방치하면 썩어서 홀쭉해지고. 녹도 그런 것으로 생각해볼 수 있지 않을까? 옛날 사람들은 쇠에 녹이 슬면 무게가 가벼워진다고 생각했어. 쇠에 있는 '플로지스톤(phlogiston)'이 빠져나간다고 보았지.

사실 녹이 슬면 무게는 늘어나. 이것을 처음 밝혀낸 사람은 1743년에 프랑스에서 태어난 라부아지에(Antoine Lavoisier)야. 1774년 그는 아내와 함께 실험을 하던 중 녹이 스는 물체가 공기 중의 어떤 원소를 흡수한다는 사실을 밝혀냈어. 그 사실과 더불어 그는 물질은 사라지는 것이 아니라 다른 것으로 단지 모양을 바꿀 뿐이라는 것을 알게 되었지. 이건 바로 질량보존의 법칙을 설명하는 말이지.

그런데 검은 꽃이 필수록 할머니는 점점 가벼워졌어. 질량보존의 법칙의 예외가 되어가는 건 아니었어. 공기 중에서 산소가 빠져나와 녹이 되듯 할머니의 어떤 것이 세상으로 빠져나와 대지의 일부가 되어가고 있었던 거지. 지금 할머니를 생각하고 있는 내 마음이 무거워지는 걸 보면 나는 할머니의 온전한 모습 그대로를 보존하고 싶었나 봐.

이 시에 등장하는 노인에게는 아들이나 딸, 손자, 손녀는 없었을까? 우리 할머니도 아들과 딸, 손자, 손녀 모두가 있었지만 독거노인으로 살다가 돌아가셨어. 이 시를 읽으면 내가 할머니를 너무 외롭게 한 것 같아. 지팡이를 내려놓고 지나가는 사람을 쬐고 있는 할머니가 우리 할머니 같아. 할머니가 사람을 쬐고 있는 동안 아무런 인기척 없었을 그 집을 생각하면 너무 죄송해져.

1만 볼트의 제비

고영민

고압선에 제비가 앉아 있다
1만 볼트의 고압선에 앉아 있는 제비는
1만 볼트이다
몸통과 두 발 사이의 전선은
1만 볼트의 병렬회로,
전류가 같이 흐르지 않는다
감전될 리가 없다
그동안 숱한 불길을 맞췄다
내가 2만 볼트의 고압으로
너를 더 사랑한다면,
그 직렬의 저릿저릿함
1만 볼트의 차이가 몸속을 지나가리라
아, 사랑이여, 전선이여
병렬의 내가
네 위에 앉아
단정히 여민 1만 볼트로 운다

나만큼만 사랑해줄래?

고압선에 앉아 있는 제비에게 왜 아무런 일도 일어나지 않는지 이해가 되니? 나는 잘 이해가 되지 않아서 여러 과학책을 뒤져가며 생각에 빠졌어. 오랫동안 제비도 감전 사고를 당해야 된다는 생각을 버리지 못했지. 그건 내 어렸을 때 경험 때문이었어. 동네에 전선이 아무렇게나 놓여 있었는데 그걸 만졌을 때 나는 찌릿찌릿함에 놀라 뒤로 나자빠졌거든. 나는 똑같이 전선에 손을 댄 제비와 나 사이에 어떤 차이가 있는지 생각해보았어. 단 한 가지 차이가 있었지. 전선을 잡고 있는 제비의 몸은 하늘에 닿아 있지만 내 몸은 땅에 닿아 있었다는 거. 하늘로는 전류가 흐르기 힘들지만 땅으로는 전류가 흐르기 쉽지.

감전은 전압 때문이 아니라 전류 때문에 생기는 거야. 전류를 우리 몸이 감당할 수 없을 때 생기는 거지. 전압차가 생기면 전류가 흘러. 전류는 되도록 저항이 작은 통로로 흐르려고 하지. 자, 이제 제비가 전선 위에 앉았어. 두 다리로 전선을 꽉 쥐었어. 전선과 제비는 병렬로 연결된 것처럼 보이지. 전류가 흘러오다가 제비의 한쪽 다리를 만났어. 전류는 전선을 타고 갈 수도 있고 제비 몸을 타고 갈 수도 있어. 전선보다는 제비 몸의 저항이 훨씬 크지. 전류는 당연히 전선을 타고 흐르려고 하겠지. 무엇보다 중요한 건 전선을 쥐고 있는 두 다리 사이에 전압차가 있느냐 하는 거야. 두 다리의 거리는 너무 짧기 때문에 두 다리 사이의 전압차는 거의 없는 것이나 마찬가지야. 전압차가 없으면 전류가 흐를 수 없지. 내가 어렸을 때 전선을 만졌을 때 전류가 흘렀던 것은 전선과 땅 사이에 전압차가 생겼기 때문이야. 내가 만일 제비처럼 하늘에서 전선을 붙잡고 매달려 있다면 내 몸에 전류가 흐를 수 없어. 잘 흘러가던 전류가 저항이 심한 내 몸을 타고 흐르려고 하지 않을 뿐 아니라 내 몸을 지나 어디 다른 데로 갈 만한 길이 없거든. 나는 제비처럼 단지 하나의 저항으로 존재할 뿐이지. 하지만 내가 한 손으로 전압이 다른 전선을 잡는다면 두 전선 사이에 전압차가 생겨서 나는 감전 사고를 당할 수가 있어. 그건 제비에게도 마찬가지야.

사랑도 전압처럼 두 사람 사이에 차이가 생기면 한쪽 방향으로 흐르겠지. 두 사람 사이의 전압차가 크면 클수록 한쪽 방향으로 더 많은 전류가 흐르게 될 거고. 그걸 견딜 수 없을 때 감전 사고가 생기겠지. 사랑하는 사람끼리의 다툼은 그런 감전 사고 같은 거야. 그 감전을 도저히 견딜 수 없을 때 우리는 이별을 선택하지. 시인은 전선 위에 앉아 있는 제비를 통해 상대편보다 더 많이 사랑하는 것은 무서운 일일 수 있다고 말하고 있어. 오래 사랑하기 위해서는 우리의 전압을 상대편에 맞출 필요가 있을 거 같아. 상대방이 1만 볼트라면 나도 1만 볼트라야지 내가 2만 볼트로 더 사랑한다고 해서 자랑할 수는 없는 일이야. 너보다 더 사랑해, 보다는 너만큼 사랑해가 훨씬 더 많이 사랑하는 것일 수 있는 거지.

육친

책장에 침을 묻히는 건 어머니의 오래된 버릇

막 달인 간장 맛이라도 보듯

눌러 찍은 손가락을 혀에 갖다 대고

한참을 머물렀다 천천히 페이지를 넘기곤 하지

세상엔 체액을 활자 위에 묻히지 않곤 넘어갈 수 없는 페이지

가 있다네

혀의 동의 없이는 도무지 읽었다고 할 수 없는 페이지가 있다네

연필심에 침을 묻혀 글을 쓰던 버릇도 버릇이지만

책 앞에서 침이 고이는 건

종이 귀신을 아들로 둔 어머니의 쓸쓸한 버릇

귀신 씻나락 까먹는 소리 같다고

아내도 읽지 않는 내 시집 귀퉁이에

어머니 침이 묻어 있네

어린 날 오도독오도독 씹은 생선뼈와 함께

내 목구멍을 타고 넘어오던 그 침

페이지 페이지 얼룩이 되어 있네

과학실에서 읽은 시 ✹ 143

침이 아니고선 넘길 수 없는 페이지

음식을 상상하거나 앞에 두면 입에서 침이 고여. 이건 우리 몸이 음식을 소화시키기 위해 준비를 하는 거지. 학자들은 침을 소화의 제1관문이라고 소개해. 침은 녹말을 분해해서 엿당을 만들 수 있는 아밀레이스(amylase) 효소를 가지고 있지. 잘게 부서진 음식을 부드럽게 만들고 미끌미끌하고 끈적끈적한 점액질로 잘 포장하는 일도 하지. 그러면 음식을 목구멍 뒤로 넘기기가 쉬워. 감기에 걸렸을 때 알약을 먹어본 기억이 있을 거야. 물 없이 알약을 넘긴다고 생각해봐. 알약이 쉽게 넘어갈 수 있을까. 목구멍이 딱딱 막힐 거야. 이 물의 역할을 침이 하고 있는 거지. 그리고 침은 혓바닥에 돋아 있는 미뢰가 맛을 느낄 수 있도록 음식물을 분해해. 침이 없다면 맛을 느낄 수 없다는 말이지.

우리가 음식 앞에서 침이 고이는 것은 언젠가 음식을 맛있게 먹었던 경험 때문이야. "책 앞에서 침이 고이는" 어머니도 언젠가 맛있는 책을 읽었던 경험이 있겠지. 그런데 맛있는 책이란 뭘까. 아마도 어머니에게 맛있는 책이란 바로 당신 아들이 쓴 책이 아닐까. 우리가 어머니 앞에서 노래를 부르면 어머니는 좋아하시지. 그건 우리가 세상에서 가장 노래를 잘하는 사람이어서가 아니라 그냥 우리가 노래를 불렀기 때문이지. 우리가 노래할 수 있다는 사실이 대견스러운 거지. 시인의 시집은 아내도 소화하기 힘든 거였어. "귀신 씻나락 까먹는 소리 같다"고 아내는 읽지 않았지. 하지만 어머니는 "페이지 페이지"마다 침을 묻혀가며 아들이 쓴 시집을 읽어갔어. 물론 어머니에게도 이해할 수 없는 페이지가 있었겠지. 그럴 때 어머니는 어떻게 했을까. "생선뼈"를 씹는 것처럼 "오도독오도독" 열심히 이해하려고 했을 거야. 그리고 뱉어내지 않고 침과 함께 목구멍 속으로 넘겼겠지.

나는 이 시를 통해 그동안 몰랐던 침의 기능을 하나 더 알게 됐어. 그건 책을 소화시키는 기능이지. 옛날 어른들은 책을 넘기기 위해 침을 자주 사용했어. 깊이 생각해봐야 하는 문장을 만나면 "손가락을 혀에 갖다 대고/한참을 머물렀다 천천히 페이지를 넘기곤" 했지. 그럴수록 책은 더 소화가 잘되었으니까. 어머니는 아들의 책을 읽으며 자주 그랬을 거야. 그렇게 하면서 아들이 발을 들여놓은 시인들의 세계를 이해해보려고 노력했겠지. 그리고 이해했을 거야. 어머니의 침으로 소화할 수 없는 아들이란 없으니까.

자기장을 읽다

길상호

밟혀도 꿈틀, 움직일 수 없다
마른 흙바닥 위에
지렁이는 죽고 말았다
자성 강한 죽음이
반대 극의 식욕을 불러들인다
숯가루처럼 시커멓게
달라붙은 개미 떼
자기장이 참 길기도 하다
식은 국밥 대신
제 몸 한 조각씩 대접하는
한낮의 뜨거운 장례
꼬마들도 뭔가에 이끌린 듯
눈을 떼지 못한다
자기장을 유유히 벗어나는 건
배가 없는 바람뿐이다

분리되지 않는 N과 S

장례식장에 간 적이 있어. 인사를 하고 부조를 하고 밥을 먹었지. 배가 고파서 아주 맛있게 먹었어. 마치 밥을 먹기 위해 장례식에 온 것 같았지. 그때 죽음과 삶이 자석의 N극과 S극처럼 서로를 잡아당기고 있는 것은 아닐까 하고 생각했어. 고개를 들어 사람들을 보았더니 모두 죽음을 핑계 삼아 밥을 먹고 있었어. 죽음은 "제 몸 한 조각씩 대접"함으로써 새로운 삶을 만드는 것 같았어.

죽은 지렁이에게 몰려든 개미 떼의 모습은 자석 주변에 흩뿌려진 철가루들의 모양을 떠올리게 해. 철가루들이 뿌려진 만큼이 자석의 힘이 미치는 거리지. 그걸 자기장이라고 해. 시인은 지렁이의 죽음이 개미에게 미치는 범위를 자기장이라고 인식하고 있어. 그 거리는 개미의 집까지 멀리 이어져 있지. 이 거리를 보고 시인은 "참 길기도 하다"며 놀라고 있어. 그러니까 지렁이는 지금 하

나의 자석이 된 셈인데 작은 몸으로 덩치 큰 "꼬마들"의 시선까지
도 끌어당기고 있으니 정말 대단한 자석이 아니겠어!

자석은 반드시 N극과 S극을 가지게 되어 있어. N극이 없으면 S
극이 없다는 말이고 그 역도 마찬가지란 말이야. 자석을 쪼개보면
알 수가 있어. 어떤 어리석은 사람들은 아주 오랫동안 자석에서 N
극만 얻기 위해 노력했어. 또 어떤 어리석은 사람들은 S극만 얻기
위해 노력했고. 자석을 아무리 쪼개고 쪼개었지만 N극과 S극은
분리되지 않았어. 덕분에 사람들은 더 많은 수의 자석을 갖게 되
었지. 쪼개진 덩어리들은 각각 새로 N극과 S극을 가진 독립된 자
석이 되었거든.

이 시를 읽고 났더니 삶과 죽음이 늘 하나로 연결되어 있는 것
같다는 생각이 들어. 누군가의 죽음은 누군가의 삶과 연결되어 있

고 또 누군가의 삶은 누군가의 죽음과 연결되어 있지. 얼마나 단단하게 연결되어 있느냐면 시인이 "자성 강한 죽음이/반대 극의 식욕을 불러들인다"라고 말할 정도야. 이렇게 삶과 죽음은 동전의 양면처럼 한쪽 면만으로는 존재할 수가 없는 거지. 삶이라는 단어도 죽음이라는 단어를 전제로 해서 있는 거고 죽음이라는 단어 역시 마찬가지지. 이 단어들에서 벗어날 수 있는 것은 "배가 없는 바람뿐"이라고 시인은 말하고 있어. 배가 없어야만 삶을 위한 욕구가 없을 테고 그 욕구가 없는 곳에 죽음 역시 없지 않겠니.

겨울-나무로부터 봄-나무에로

황지우

나무는 자기 몸으로
나무이다
자기 온몸으로 나무는 나무가 된다
자기 온몸으로 헐벗고 영하 십삼도
영하 이십도 지상에
온몸을 뿌리박고 대가리 쳐들고
무방비의 나목으로 서서
두 손 올리고 벌받는 자세로 서서
아 벌받은 몸으로, 벌받는 목숨으로 기립하여, 그러나
이게 아닌데 이게 아닌데
온 혼으로 애타면서 속으로 몸속으로 불타면서
버티면서 거부하면서 영하에서
영상으로 영상 오도 영상 십삼도 지상으로
밀고 간다, 막 밀고 올라간다
온몸이 으스러지도록
으스러지도록 부르터지면서

터지면서 자기의 뜨거운 혀로 싹을 내밀고

천천히, 서서히, 문득, 푸른 잎이 되고

푸르른 사월 하늘 들이받으면서

나무는 자기의 온몸으로 나무가 된다

아아, 마침내, 끝끝내

꽃피는 나무는 자기 몸으로

꽃피는 나무이다

입과 기공의 인공호흡

봄이 왔는데 나무가 잎을 틔우지 않고 꽃을 피우지 않는다면 우리는 어떻게 될까. 나무와 우리의 입맞춤이 끝나는 거겠지. 나무와 우리의 입맞춤이라니, 무슨 말일까 궁금하지? 매일 우리는 나무와 입맞춤하고 있어. 우리는 그 사실을 잘 몰라. 무척이나 흔하고 익숙한 입맞춤이라 그런 거지.

광합성이란 걸 한번 생각해봐. 나무는 땅에서 물을 길어 올린 다음 공기 중에 있는 이산화탄소를 기공으로 빨아들여 필요한 영양분을 만들어. 그리고 다시 산소를 뱉어내지. 우리는 호흡을 하기 위해 이 산소를 마셔. 그리고 이산화탄소를 내뱉지. 식물은 다시 이 이산화탄소를 호흡하고 우리는 산소를 호흡하고. 나무와 우리는 서로가 내뱉은 것을 생존의 도구로 이용하고 있지. 우리의 입과 나무의 기공이 서로를 살리기 위해 쉼 없이 인공호흡을 하고 있는 것처럼 느껴지지 않니? 무서운 건 나무와의 입맞춤을 멈출 때 우리 숨도 멈춘다는 거지. 조금 극단적이긴 하지만 우리와의 입맞춤을 멈출 때 나무의 숨도 멈추는 거겠지. 그래서 겨울을 이기고 봄 나무가 되어 "뜨거운 혀로 싹을 내밀고", "꽃"을 피우는 나무의 모습은 우리와의 입맞춤을 멈추지 않겠다는 뜨거운 열정으로 읽혀. 그 열정을 이런 구절에서 더더욱 느낄 수 있지. "밀고 간다, 막 밀고 올라간다/온몸이 으스러지도록/으스러지도록 부르 터지면서".

우리는 나무와 친근해. 나무가 없는 곳을 삭막하다고 표현하지. 혹시 우리가 왜 나무에 대해 그런 감정을 느끼는지 생각해본 적 있니? 틈만 나면 왜 숲으로 가려고 하는지. 물론 건강을 핑계 삼지만 말이야. 내 생각엔 우리의 조상들이 나무에서 살았기 때문일지도 몰라. 이건 진화론자들의 생각이기도 해. 진화론자들은 우리가 숲에서 왔다고 생각하지. 우리의 손에 남아 있는 지문은 나무에서 살았던 흔적이야. 지문이 있으면 잘 미끄러지지 않아. 나무에 잘 매달릴 수 있고 이 나무에서 저 나무로 잘 이동할 수 있지. 원숭이나 침팬지처럼. 그리고 나무와 우리는 동일한 재료로 만들어졌어. 다만 하는 일과 생긴 모양이 다를 뿐이지. 그들도 우리처럼 핵산을 이용해서 다음 세대로 유전형질을 전달하고 단백질을 이용해서 세포 내의 화학 반응을 조절해. 진화론자들은 시간을 거슬러 올라가면 우리의 조상과 나무의 조상이 같을 거라고 생각해. 공통의 조상에서 갈라져 나와 서로 다른 진화의 길을 걸어 여기까지 왔다고 생각하지. 그래서 따지고 보면 나무와 우리는 형제인 거야.

우리에게도 늘 겨울이 있지. 일 년에 한 번 아주 긴 겨울 말이야. 인생의 겨울은 더 길 수도, 더 자주 올 수도 있겠지. 우리의 형제가 이렇게 열심히 우리와 입맞춤하기 위해 겨울을 이기는데 우리 역시 우리의 겨울을 이기기 위해 "으스러지도록" 노력해야 하지 않겠어. 나무와 우리의 입맞춤이 멈추지 않도록. 그리하여 마침내 우리도 우리 몸으로 "꽃피는 나무"가 되어야겠지.

담쟁이

저것은 벽
어쩔 수 없는 벽이라고 우리가 느낄 때
그때
담쟁이는 말없이 그 벽을 오른다
물 한 방울 없고 씨앗 한 톨 살아남을 수 없는
저것은 절망의 벽이라고 말할 때
담쟁이는 서두르지 않고 앞으로 나아간다
한 뼘이라도 꼭 여럿이 함께 손을 잡고 올라간다
푸르게 절망을 다 덮을 때까지
바로 그 절망을 잡고 놓지 않는다
저것은 넘을 수 없는 벽이라고 고개를 떨구고 있을 때
담쟁이 잎 하나는 담쟁이 잎 수천 개를 이끌고
결국 그 벽을 넘는다

식물과 동물의 기준

이런 말이 있어. "식물은 움직이면 죽고 동물은 가만히 있으면 죽는다." 죽음의 방식이 다르기 때문에 삶의 방식이 다르다는 것을 말하기 위해 어떤 작가가 한 말이지. 이 말속에는 동물과 식물을 나누는 중요한 기준이 들어 있지. 그건 바로 움직임이야. 많은 사람들이 동물은 움직이는 생물이고, 식물은 움직이지 않는 생물이라고 생각하는 것 같아.

하지만 이건 사람들이 흔히 가지고 있는 잘못된 개념 중 하나야. 동물과 식물을 나누는 기준이 움직임이라고 하면 산호는 어디에 포함이 될까. 바다 밑에 뿌리를 박고 있는 나무처럼 보이지만 과학자들은 산호가 식물이 아니라 동물이라고 말하고 있어. 반대로 미모사는 식물이지만 손가락으로 건드리면 펼치고 있던 잎을 접어버리지. 또 파리지옥은 무시무시하게 생긴 잎사귀로 날아다

니는 곤충을 잡아먹지. 하지만 파리지옥을 동물이라고 부르는 학자는 없어. 움직이지 않는 것은 움직일 필요가 없기 때문에 그러는 거겠지. 움직이고 있는 것은 그럴 이유가 있기 때문에 움직이는 거고. 생물들이 움직이거나 움직이지 않는 가장 큰 이유는 먹이 때문이야.

학자들은 움직임만으로 동물과 식물을 구분할 수 없기 때문에 다른 기준을 제시했지. 그 기준은 스스로 영양분을 만들 수 있느냐 없느냐 하는 것이야. 식물이라 불리는 것들은 물과 공기와 햇빛으로 스스로 생명을 유지할 수 있는 영양분을 만들 수 있지. 물과 공기와 햇빛은 돌아다니지 않아도 쉽게 얻을 수 있는 것이기 때문에 따로 돌아다니는데 에너지를 낭비하려 하지 않는 거야. 이런 생물들은 영양분을 스스로 만들 수 있기 때문에 독립영양생물이라고 해. 그러면 반대말은 종속영양생물이겠지. 종속영양생물은 스스로 영양분을 만들 수 없어. 다른 생물들을 먹이로 사용해야 하는 생물들을 가리키는 말이야. 우리가 동물이라고 부르는 것들이 모두 이 종속영양생물에 포함이 되지.

이 시에서는 담쟁이의 역동적인 움직임이 느껴져. 나는 이 시를 읽고 서로 손을 잡고 착착 발을 맞추어 담을 넘어가는 한 무리의 군단을 떠올렸어. 움직임만이 기준이 된다면 담쟁이는 분명 동물인 것이 분명해. "어쩔 수 없는 벽이라고 우리가 느낄 때" 그 벽 앞에서 담쟁이의 동물적 본능은 더욱 거세게 살아나지. "잎 수천 개를 이끌고" 앞장선 "담쟁이 잎 하나"는 깃발을 든 기수처럼 당당

하고 씩씩하게 보여. "푸르게 절망을 다 덮을 때까지" 그의 발걸음은 멈추지 않지.

그러나 담쟁이는 분명 스스로 영양분을 만들어내는 독립영양생물이지.

해바라기의 비명(碑銘)
─청년 화가 L을 위하여

함형수

나의 무덤 앞에는 그 차가운 비(碑)ㅅ돌을 세우지 말라.

나의 무덤 주위에는 그 노오란 해바라기를 심어달라.

그리고 해바라기의 긴 줄거리 사이로 끝없는 보리밭을 보여
달라.

노오란 해바라기는 늘 태양같이 태양같이 하던 화려한 나의
사랑이라고 생각하라.

푸른 보리밭 사이로 하늘을 쏘는 노고지리가 있거든 아직도
날아오르는 나의 꿈이라고 생각하라.

해바라기는 어떻게 해바라기가 되는가

죽음을 말하고 있지만 어둡지 않아. 죽음 앞에서 이렇게 당당할
수 있다니. "노오란 해바라기" 때문에 죽음이 다 환할 정도야.

고흐(Vincent van Gogh)를 안다면 이 시를 읽고 그를 떠올리지
않는 사람은 없을 거야. 고흐의 작품 중에는 〈해바라기〉가 있어.
연한 파랑색을 배경으로 그린 진한 노란색의 해바라기는 태양을
향한 강렬한 열망을 보여주고 있지. 나는 이야기나 메시지를 읽을
수 없는 그림을 좋아하지 않았는데 〈해바라기〉를 실물로 보고 강
렬한 느낌을 담는 것만으로도 그림이 될 수 있구나 하는 것을 느
꼈어. 그리고 고흐의 팬이 되어버렸지. 그래서 내겐 이 시에 등장
하는 보리밭이 고흐가 자살을 하기 전 마지막으로 그렸던 밀밭으
로 느껴져.

해바라기는 커다란 꽃받침을 가졌어. 멀리서 보면 태양같이 생

긴 하나의 꽃으로 보이는데 사실 원반 모양의 꽃받침 위에는 꽃들이 빽빽하게 늘어서 있지. 그래서 우리는 해바라기 한 그루에서 씨앗을 그렇게 많이 얻을 수 있는 거야. 꽃 진 자리에 열매가 맺히는 거니까. 그런데 빽빽한 꽃들 중 가장자리 절반 정도는 꿀이 없어. 꿀이 없는 가짜 꽃을 피우는 이유는 꿀벌을 모으기 위해서야. 화려해 보여야만 꿀벌이 많이 모이니까. 꽃을 많이 피울수록 꿀벌을 유혹하기 쉽겠지. 일종의 속임수를 쓰는 거지. 꿀벌은 꿀이 많은 줄 알고 왔다가 꿀이 없는 것을 알게 돼. 그래도 혹시 여긴 있지 않을까 아쉬워하며 이 꽃, 저 꽃을 뒤지게 되지. 그 동안 해바라기는 꿀벌의 날개와 다리와 몸통에 꽃가루를 묻히는 거지. 해바라기는 가짜 꽃이 절반을 넘지 않도록 노력해. 가짜 꽃이 절반을 넘어서면 꿀벌은 점점 꽃을 찾지 않거든. 전부가 가짜 꽃이라면 더 이상 해바라기를 찾지 않겠지. 해바라기는 가짜와 진짜의 수위를 조절하며 그럴듯해 보이려고 하지. 이게 해바라기의 생존법이야.

해바라기의 가짜 꽃은 내게 예술가의 인생을 생각하게 해. 예술가의 인생 중 절반 이상은 꿀이 없는 가짜 꽃이지. 꿀이 없으니 꿀벌 같은 사람들에게는 아무런 소용이 없어 보여. 그래도 예술가들은 꿀이 없는 가짜 꽃을 피우지. 돈을 버는 일에만 관심을 보이는 세상에서는 아주 비현실적인 일로 여겨져. 고흐나 이 시인 역시 그런 비현실적인 세상으로 온몸을 밀어 넣은 것 같아. 현실을 벗어나는 것이 어리석어 보이지만 그런 용기야말로 작가를 더 높은 예술 세계로 인도하는 원동력이지. 해바라기 한 그루를 우리 사회로 볼 때, 다음 세대를 위해서도 반드시 꿀이 없는 꽃은 필요해. 그런데 사람들은 꽃을 계속 꿀로 채우려고 하지. 꽃 전체를 꿀로 채우면 해바라기의 뿌리는 얼마나 견디기 힘들까, 사람들은 생각해보려고 하지 않아. 그래서 "아직도 날아오르는 나의 꿈"이란 구절이 밝고도 참 씁쓸하게 읽혀.

거울

이상

거울속에는소리가없소
저렇게까지조용한세상은참없을것이오

◇

거울속에도내게귀가있소
내말을못알아듣는딱한귀가두개나있소

◇

거울속의나는왼손잡이오
내악수를받을줄모르는―악수를모르는왼손잡이오

◇

거울때문에나는거울속의나를만져보지를못하는구료마는

거울이아니었던들내가어찌거울속의나를만나보기만이라도
했겠소

◇

나는지금거울을안가졌소마는거울속에는늘거울속의내가있소
잘은모르지만외로된사업에골몰할게요

◇

거울속의나는참나와는반대요마는
또꽤닮았소
나는거울속의나를근심하고진찰할수없으니퍽섭섭하오

거울이 걸려 있는 방

옛날 바그다드를 다스리던 한 칼리프(caliph)가 있었어. 그는 한쪽 벽 가득 거울이 걸려 있는 방을 가지고 있었지. 칼리프는 그 방을 무척 좋아했어. 시간만 나면 거울 앞에 서서 자신을 들여다보았지. 거울 반대쪽 벽에는 낙원의 모습이 그려져 있었어. 그 그림은 중국에서 가장 그림을 잘 그린다는 화공이 그린 거였지. 거울 속에는 그대로 낙원의 모습이 비추어졌고 거울 앞에 서면 칼리프는 낙원에 들어와 있는 것 같았지. 그래서 스트레스를 받는 날이면 더욱 그 방을 찾아 낙원 속을 걸었어. 그러다 어느 날 의문을 가지게 되었지. 왜 나는 낙원 속에 들어와 있는가. 거울은 왜 나를 거울 속에 들여다놓는가. 나를 비추는 것이 거울의 목표라면 거울 표면에 나를 드러나게 할 수도 있지 않은가. 칼리프는 신하들을 불러 왜 자신이 거울 속에 들어가 있는지를 물었어. 신하들과 그 나라의 그 어떤 학자들도 칼리프의 물음에 제대로 답을 하지 못했지.

지금의 나라면 칼리프에게 이유를 설명하고 큰 상을 받았을 거 같아. 빛의 성질을 조금만 알면 되거든. 말보다 그림이 쉽겠지. 아래의 그림을 한번 봐. 우리 몸에 부딪힌 빛은 사방으로 퍼져나가 다시 거울에 부딪쳐 우리 눈에 들어오게 되어 있어. 우리 몸의 한 점에서 나간 빛은 다양한 각도로 거울에 부딪쳐 반사되겠지. 그 빛들 중 하나가 우리 눈에 들어오는 거지. 반사되어 나오는 빛의

선을 연장해서 그으면 거울 뒤의 한 점에서 만나는데 우리는 사물이 그곳에 있다고 생각하게 돼. 그리고 우리가 보는 빛도 그곳에서 왔다고 생각하지. 사실 우리 눈에 들어온 빛은 반사된 빛인데 직진한 거라고 착각하는 거야. 그래서 칼리프는 거울 속에 들어가 있는 거지.

　과학자들은 거울 속에 있는 우리의 모습을 허상이라고 해. 실상이 아닌 이유는 우리가 그곳에 있는 것처럼 보이지만 사실 우리가 그곳에 있지 않기 때문이야. 그곳에 있지 않기 때문에 우리는 거울 속의 우리를 만져볼 수가 없는 것이지. 빛의 굴절 때문에 일어나는 신기루 같은 거야. 신기루가 우리를 더 애타게 하는 것은 신기루를 만드는 실상이 사막 어딘가에 있기 때문이지. 화자가 자꾸 거울 속을 들여다보는 것은 실상을 만나게 될지 모른다는 사막 여행자의 믿음 같은 거지. 사실 이 세상에는 내가 누구인지 정확히 말할 수 있는 사람은 없어. 나란, 나를 비추는 다양한 빛에 의해 그냥 그렇게 보일 뿐이거든. 가끔 어머니들과 상담할 때가 있어. 그리고 깜짝 놀라곤 하지. 어머니가 생각하는 너랑 내가 생각하는 네가 너무 달라서. 학교에서는 말썽을 일으키는 네가 집에서는 착한 아들이고 여자 친구에겐 좋은 남자 친구일 때가 있지. 이 시는 그렇게 분리된 나의 모습을 거울을 통해 확인하는 과정을 보여주고 있어.

　말을 끝내기 전 빛에 대해서 조금만 더 이야기해 볼까. 이쪽에서 저쪽으로 이동할 때 빛은 두 지점을 잇는 가장 가까운 길로 움직여. 빛은 직진하니까 보통은 두 지점 사이를 연결하는 직선을 그으면 그게 바로 빛이 이동한 길이 되지. 그 길을 통해 이동할 때 빛은 가장 빠르게 두 지점을 연결할 수가 있어. 빛은 반드시 그 빠른 길로만 움직이지. 그런데 한 지점에서 출발한 빛이 거울에 부딪쳐 다른 지점으로 이동해야한다면 빛이 움직인 통로를 우리는 어떻게 알 수 있을까. 우리는 출발점에서 거울에 부딪친 다음 도착점까지 갈 수 있는 무수한 길들을 상상할 수 있어. 하지만 그 많은 상상의 길들 중 빛은 단 하나의 길로만 움직이지. 그 길은 바로 가장 짧은 시간이 걸리는 길이야. 그 길을 찾는 방법은 간단해. 빛은 거울을 향해 들어가면서 거울면과 일정한 각도를 만들고 튕겨져 나갈 때도 마찬가지지. 빛이 들어가고 나갈 때 거울면과 이루는 각도를 같게 만드는 지점이 있어. 빛은 바로 그 지점에 부딪쳐 직선으로 도착점을 향해 나아가지. 그래야만 가장 빨리 이동할 수 있거든. 빛이 이렇게 움직인다는 것을 처음 발견한 사람은 프랑스의 수학자 피에르 페르마(Pierre de Fermat)라는 분이야. 그 분은 17세기 최고의 수학자라는 찬사를 받고 있지.

데생

김광균

1

향료를 뿌린 듯 곱—다란 노을 우에
전신주 하나하나 기울어지고

먼—고가선 우에 밤이 켜진다.

2

구름은
보랏빛 색지 우에
마구 칠한 한 다발 장미.

목장(牧場)의 깃발도 능금나무도
부을면 꺼질듯이 외로운 들길.

소행성 B612에 대기층이 없다면

"보랏빛 색지 우에/마구 칠한 한 다발 장미"를 하늘에서 본 적이 있니? 구름과 노을빛이 어울리면 그런 아름다운 장미 다발이 만들어지지. 어쩌다 그런 장미 다발을 운 좋게 하늘에서 발견하면 발걸음을 멈추고 오래 바라보곤 했지. 그러면 왠지 쓸쓸해지곤 했어. 아름다운데 왜 쓸쓸할까. 그런 의문을 가진 적이 있어. 아름다움과 쓸쓸함은 감정상 서로 반대 지점에 있는 것 같았거든. 아마도 눈앞에 있던 것들이 노을과 더불어 어둠 속으로 사라졌기 때문인 것 같아. 아름다운 소멸이 눈앞에 펼쳐졌던 거지. 시인은 시를 통해 아름다움 속에 사라져가고 있는 "외로운 들길"을 그리고 있어. 어둠이 어느 정도 가까워졌느냐면 "목장의 깃발"도 "능금나무"도 훅하고 불면 꺼져버리는 촛불만큼 위태롭지.

　노을을 보면서 나는 몇 가지 의문을 가졌던 적이 있어. 노을은

왜 붉은 색일까. 노을은 노란색일 수는 없나. 이런 의문이랑, 노을
이 질 때 왜 머리 위쪽은 푸르지. 노을은 왜 지평선 쪽에 치우쳐
있는 거지 등등. 이런 의문은 빛의 성질을 이해하고 나서 곧 풀렸
지. 태양빛은 모든 색을 가지고 있지만 각 색깔마다 대기를 통과
할 수 있는 양이 달라. 이건 색깔마다 파장이 다르기 때문이지. 빨
강, 주황, 노랑, 초록, 파랑, 남, 보라 중에서 빨강에 가까울수록 대
기를 더 잘 통과하고 보라에 가까울수록 덜 통과하지. 우리 눈앞
에 다가오는 빛이 붉은 색을 띤다는 것은 빛 속에 섞여 있던 파랑
색이 오는 도중 산란을 일으켜 사라져버렸다는 거지. 100퍼센트
사라졌다는 뜻은 아니고 상대적으로 붉은 색이 많이 섞이다 보니
하늘이 붉게 보인다는 거야. 그러면 붉은 색을 많이 띠기 위해서
는 빛은 되도록 긴 대기를 통과해야겠지. 우리 머리 위로 바로 떨
어질 때보다 지평선 쪽을 통과할수록 태양빛은 더 긴 대기를 통과
하게 돼. 그래서 우리 머리 위의 하늘은 푸르지만 지평선 쪽의 하
늘은 붉은 거지.

　노을에 대해 이야기하다 보니 프랑스 소설가 생텍쥐페리(Saint
-Exupéry)의 『어린 왕자』가 떠오르네. 어린 왕자는 쓸쓸할 때마
다 해가 지는 것을 바라보았어. 아주 슬펐던 날에는 무려 43번이
나 노을을 바라보았지. 어린 왕자가 그럴 수 있었던 건 그가 살고
있던 소행성 B612가 무척 작았기 때문이야. 어느 정도로 작았느
냐면 앉아 있던 의자를 몇 걸음 뒤로 옮겨놓기만 해도 다시 해지
는 것을 볼 수 있을 만큼 작았지. 어린 왕자가 그렇게 해지는 것을

자주 보았다면 노을도 보았겠지. 근데 노을을 보기 위해서는 소행성 B612호가 대기층을 가지고 있어야만 가능해. 빛은 대기층을 지나며 공기 입자와 부딪쳐 산란하면서 색을 만드는 거거든. 대기층이 없으면 하늘은 그냥 까매. 달에서 하늘을 보고 있으면 낮이나 밤이나 다 까만데 그건 달에 대기층이 없기 때문이야. 대기층이 없는 이유는 다들 잘 알겠지. 공기가 없기 때문이지.

김광균은 시로 그림을 잘 그리는 시인이야. 그의 그림을 보고 있으면 정말 도시인의 쓸쓸함이 느껴져. 그때의 도시인이나 지금의 도시인이나 느끼는 감정이 비슷한 걸로 보아 문명의 발전은 인간의 고독감을 해결할 수는 없나 봐. 「와사등」이나 「외인촌」이라는 작품도 한번 읽어봐. 벗어날 수 없는 인간의 외로움을 톡톡히 맛볼 수 있을 테니.

레몬애가

다카무라 고타로

애타도록 당신은 레몬을 찾고 있었어
쓸쓸하고도 하얗고 밝은 병상에서
내 손에서 넘겨받은 레몬 한 조각을
당신의 하이얀 이로 꼭 깨물자
토파즈 빛으로 튀는 향기

하늘의 것인 듯 몇 방울 안 되는 레몬즙에
당신은 의식을 잠시 되찾았지

당신의 맑고 파아란 눈이 희미하게 웃고
내 손을 쥔 당신의 손엔 힘이 넘쳤어

당신의 목에서는 거친 바람이 불었어도
그처럼 위대한 생의 한가운데서

치에코는 원래의 치에코가 되어

일생의 사랑을 한순간에 부어 넣었지
그리고 잠시
그 옛날 산마루에 올라 쉬던 심호흡 한 번하고
당신의 모습은 그대로 멈추었어

사진 앞에 놓인 벚꽃 그늘에
차갑게 반짝이는 레몬 한 개를 놓아야지

작은 비타민 이야기

병상에 누워 죽어가는 여자가 있어. 그녀가 애타게 찾고 있는 것은 레몬. 레몬에 무슨 사연이 있기에 애타게 찾는 걸까. 사랑이었을까. 죽음을 부르는 거친 바람이 그녀의 의식을 흐리게 하는데 레몬 몇 방울은 그녀를 원래의 그녀로 잠시 돌려놓고 있지. 레몬은 대체 무슨 힘을 가지고 있는 걸까. 그러고 보니 우리나라의 천재적인 시인 이상도 죽기 전에 마지막으로 이런 말을 했다지. "레몬 향기가 맡고 싶소."

레몬에는 비타민 C가 많아. 비타민 C가 부족하면 우리는 괴혈병에 걸리기 쉽지. 제때 치료하지 않으면 잇몸에서 피가 나고 이가 흔들리다가 팔다리에 힘이 빠지면서 죽게 돼. 대항해 시절 오랫동안 배를 타야 했던 선원들이 잘 걸리는 병이었어. 선원들은 신선한 야채를 먹을 수가 없었거든. 신선한 채소를 배에 싣고 떠

나도 지금처럼 좋은 냉장고가 없었기 때문에 금방 시들고 상해버렸지. 인도항로 개척자 바스쿠 다 가마(Vasco da Gama)와 함께 희망봉을 발견한 선원들은 이 병으로 많은 목숨을 잃었어. 그들은 2년 동안 약 4만 2,000킬로미터나 항해했지.

레몬이 괴혈병에 좋다는 것을 알아낸 사람은 제임스 린드(James Lind)야. 1747년쯤의 일이지. 그는 괴혈병에 걸린 사람들에게 이것저것 먹여본 다음에 레몬이 치료에 아주 큰 효과가 있다는 것을 알게 되었지. 제임스 린드가 이런 실험을 할 수 있었던 것은 그가 음식마다 뭔가 다른 것이 있을 거라고 생각하고 있었기 때문이야. 그 당시 사람들은 대개 그런 생각을 하질 못했지. 그들에게 음식은 그냥 먹는 거였어. 배가 부르면 영양이 가득 찬 거라

고 생각했지. 골고루 먹는 것보다 많이 먹는 걸 더 중요하게 생각
했던 시대지. 돼지고기 100그램과 상추 100그램의 영양은 같은
거라고 생각했거든.

　레몬이 괴혈병에 좋다는 소문이 퍼졌지만 선장들은 먼 항해를
떠날 때 레몬을 배에 싣지 않았어. 레몬이 선원들 몸값보다 더 비
쌌거든. 선장들은 레몬을 사서 선원들에게 먹이는 대신 선원이 죽
으면 다른 선원을 다시 사 오는 것을 택했지. 슬프게도 사람을 사
람으로 생각하지 않았던 거지. 자기 눈앞에서 죽어가는 선원들을
보면서 그들을 살릴 방법까지 알고 있으면서도 선장들이 외면했

다는 사실은 좀 충격적이야. 이런 것도 모르고 선원들은 선장만 믿고 망망대해까지 따라갔을 텐데 말이야.

우리 몸이 필요로 하는 비타민 C의 양은 적어. 하지만 그 적은 양을 갖고 있지 않으면 몸은 균형을 유지할 수 없게 돼. 우리는 식물처럼 비타민을 스스로 만들어낼 수 없기에 반드시 음식으로 섭취해야 해.

다시 시로 돌아가보자. 우리 삶의 균형을 유지해주는 것은 뭘까. 아마도 죽어가는 여자에게 그건 사랑이 아니었을까. 여자가 죽어가면서 애타게 찾았던 레몬에는 아마도 사랑의 기억이 있었을 거야. 여자의 죽음을 지켜보고 있는 화자도 그것을 알고 있었지. 그래서 여자의 "사진 앞에 놓인 벚꽃 그늘에/차갑게 반짝이는 레몬 한 개를 놓아야지" 하고 말하고 있어.

감자의 몸

길상호

감자를 깎다 보면 칼이 비켜 가는
움푹한 웅덩이와 만난다
그곳이 감자가 세상을 만난 흔적이다
그 홈에 몸 맞췄을 돌멩이의 기억을
감자는 버리지 못하는 것이다
벼랑의 억센 뿌리들처럼 마음 단단히 먹으면
돌 하나 깨부수는 것 어렵지 않았으리라
그러나 뜨거운 하지(夏至)의 태양에 잎 시들면서도
작은 돌 하나도 생명이라는
뿌리의 그 마음 마르지 않았다
세상 어떤 자리도 빌려서 살아가는 것일 뿐
자신의 소유는 없다는 것을 감자의 몸은
어두운 땅속에서 깨달은 것이다
그러고 보니 그 웅덩이 속에
씨눈이 하나 웅글게 맺혀 있다
다시 세상에 탯줄 댈 씨눈이

옛 기억을 간직한 배꼽처럼 불거져 있다
모르는 사람들은 독을 가득 품은 것들이라고
시퍼런 칼날을 들이댈 것이다

악마의 식품이었던 감자

감자를 쳐다보면 어렸을 때 가졌던 질문 하나가 떠올라. 줄기일까, 뿌리일까? 줄기라고 들어서 알고는 있었지만 줄기와 뿌리를 나누는 기준이 무척 궁금했지. 같은 땅속에서 자라는 고구마는 뿌리라고 들었거든. 물론 지금은 그 답을 알고 있어. 햇볕을 쬐어서 푸른색이 나오면 줄기지. 푸른색을 띤다는 것은 광합성을 하는 거니까, 뿌리가 광합성을 할 리가 없잖아. 주먹을 쥔 모양을 하고 파랗게 멍이 든 감자를 본 적이 있을 거야. 그 파란 멍이 줄기라는 증거지.

감자는 원래 먹지 못하는 음식이었어. 솔라닌(solanine)을 잔뜩 가지고 있었기 때문이지. 솔라닌은 사람 몸에 들어오면 치명적인 독으로 작용해. 구토, 복통, 설사 등의 증세를 만들지. 유럽인들은 감자를 먹고 탈이 나는 경우가 많았기에 감자를 '악마의 식품'이라고 불렀어. 그리고 성경에 나오지 않는 음식이다, 햇볕을 받지 않고 땅속에서 열린 열매다 등등 이런 이유로 감자를 천대했지. 이러다 보니 대기근이 왔는데도 감자 먹기를 거부한 적이 있었지. 물론 많은 사람들이 죽었어.

감자는 오랜 역사를 통해 솔라닌의 양이 적은 감자로 변해왔어. 사람들은 솔라닌의 양이 적은 감자를 선택했고 그것을 다음 세대에 전달하는 방식으로 감자를 개량해왔지. 그러면 의문이 생기지 않니? 사람들은 솔라닌 성분이 적은 돌연변이 감자를 어떻게 알아보았을까? 일일이 먹어보았을까?

지금의 감자에도 솔라닌은 남아 있어. 하지만 과거 야생 감자 시절에 비하면 아주 적지. 주로 싹에 많고 햇볕에 얻어맞아 파랗게 멍이 든 부분에 많지. 어떻게 조리를 해도 이 독은 사라지지 않기에 도려내고 먹지 않으면 안 돼. 유럽인들이 감자를 악마의 식품이라고 불렀던 것은 사실 감자를 어떻게 먹어야 할지 몰랐기 때문이야.

이제 감자는 우리 식탁에 흔하게 올라오는 음식이 되었어. 시인은 감자를 깎다가 놀라운 사랑을 발견하지. 그건 "칼이 비켜 가는/움푹한 웅덩이"를 통해서였어. 그 웅덩이는 돌이 살다간 흔적이었지. 그 흔적을 남기기 위해 감자는 못생겨지기를 마다하지 않았어. 웅덩이 속으로 들어온 돌을 온 힘으로 밀어내고 매끈한 감자가 될 수 있는데도 말이야. 감자는 "어두운 땅속"에 살면서도 "세상 어떤 자리도 빌려서 살아가는 것일 뿐"이라는 것을 알고 있었어. 입이 없는 감자는 그 깨달음을 울퉁불퉁한 몸을 통해 시인에게 전달했지. 나도 감자를 깎으면서 수도 없이 그 웅덩이를 비켜 갔어. 하지만 아무런 소리를 들을 수 없었어. 그건 내가 감자의 몸짓에 귀를 기울이고 있지 않았기 때문일 거야.

바퀴벌레는 진화중

김기택

　믿을 수 없다. 저것들도 먼지와 수분으로 된 사람 같은 생물이란 것을. 그렇지 않고서야 어찌 시멘트와 살충제 속에서만 살면서도 저렇게 비대해질 수 있단 말인가. 살덩이를 녹이는 살충제를 어떻게 가는 혈관으로 흘려보내며 딱딱하고 거친 시멘트를 똥으로 바꿀 수 있단 말인가. 입을 벌릴 수밖엔 없다, 쇳덩이의 근육에서나 보이는 저 고감도의 민첩성과 기동력 앞에서는.

　사람들이 최초로 시멘트를 만들어 집을 짓고 살기 전, 많은 벌레들을 씨까지 일시에 죽이는 독약을 만들어 뿌리기 전, 저것들은 어디에 살고 있었을까. 흙과 나무, 내와 강, 그 어디에 숨어서 흙이 시멘트가 되고 다시 집이 되기를, 물이 살충제가 되고 다시 먹이가 되기를 기다리고 있었을까. 빙하기, 그 세월의 두꺼운 얼음 속 어디에 수만 년 썩지 않을 금속의 씨를 감추어 가지고 있었을까.

　로봇처럼, 정말로 철판을 온몸에 두른 벌레들이 나올지 몰라.

금속과 금속 사이를 뚫고 들어가 살면서 철판을 왕성하게 소화시키고 수억 톤의 중금속 폐기물을 배설하면서 불쑥불쑥 자라는 잘 진화된 신형 바퀴벌레가 나올지 몰라. 보이지 않는 빙하기, 그 두껍고 차가운 강철의 살결 속에 씨를 감추어둔 채 때가 이르기를 기다리고 있을지 몰라. 아직은 암회색 스모그가 그래도 맑고 희고, 폐수가 너무 깨끗한 까닭에 숨을 쉴 수가 없어 움직이지 못하고 눈만 뜬 채 잠들어 있는지 몰라.

로봇으로 진화하는 인간

우리가 살고 있는 지구의 나이는 42억 살이야. 지구에 생명체가 등장한 것은 38억 년쯤 되지. 그 동안 많은 동식물들이 지구에서 살다 어딘가로 사라졌지. 학자들은 여러 가지 이유로 지금까지 지구상에 살던 생물들의 99.99퍼센트는 사라졌다고 생각해. 그리고 남은 0.01퍼센트에 우리가 포함이 되지. 우리는 살아남아서 지구에서 살다 간 99.99퍼센트를 연구 중이야. 그들을 연구할 수 있는 것은 퇴적암 속에 있는 그들의 흔적, 화석 때문이지. 학자들은 화석을 통해서 생명 진화의 연결고리들을 발견하기도 하지.

그런데 재밌게도 살아 있는 화석이라 불리는 것이 있어. 이상하지? 화석이란 이미 생명이 돌이 되어 생명을 잃어버렸다는 뜻인데 말이야. 살아 있는 화석이란, 지금 살아 있는 생명들 중 조상이 화석으로도 남아 있는 생물을 가리키는 말이야. 화석이 되려면 오랜 시간이 지나야 하기 때문에 화석으로 남아 있는 생물들 중 대부분은 지구상에서 이미 사라져버렸지. 살아 있는 화석이라는 말을 가장 먼저 사용한 사람은 다윈이고 가장 대표적인 것은 실러캔스(coelacanth)라는 물고기야. 이 물고기가 1938년 마다가스카르 섬 근해에서 처음 발견되었을 때 학자들은 이미 땅에 묻은 사람을 눈앞에서 보는 것 같아 깜짝 놀라고 말았지. 살아 있는 화석들은 지구에 오래 살았기 때문에 생존 전략이 뛰어난 것으로 알려져 있어. 오랜 시간 조상들로부터 축적된 지식이 유전자 속에 들어 있는 거지. 은행나무나 메타세쿼이아(metasequoia)도 살아 있는 화석이야. 이들이 얼마나 지구에 잘 적응하고 있는지는 가을이 되어 보면 알지. 장미나 다른 나무들의 잎은 송송 구멍이 뚫려 낙엽이 되는데 이들 나무들은 상처 없는 고운 잎을 바닥에 떨어뜨리지.

이 시에 등장하는 바퀴벌레도 살아 있는 화석이야. 이 녀석은 일본에 원자탄이 떨어졌을 때도 살아남았어. "살충제"를 "가는 혈관으로 흘려보내며", "거친 시멘트를 똥으로" 바꾸며 지금도 살아 있지. 환경에 너무나 잘 적응해서 시인은 이 녀석이 마치 그런 환경을 "기다리고 있었"던 건 아닐까 하고 착각할 정도지. 그리고 "수억 톤의 중금속 폐기물을 배설"하기 위해 미래엔 로봇처럼 진화할 것이라고 말하고 있어.

사실 시인은 바퀴벌레에게 놀라고 있는 것이 아니야. 오염된 환경에서 살아남아 "비대해"지고 있는 인간에게 놀라고 있지. 이런 생명력이라면 인간도 살아 있는 화석이 될지도 모르겠어. 중금속이 가득한 세상 속에서 로봇처럼 살아남아서 오래전 화석이 되어버린 조상들의 모습을 볼 수도 있을 것 같아. 그리고 뛰어난 기술로 조상들이 살았던 환경을 재구성하며 너무나 맑아서 숨을 쉴 수 없었던 "암회색 스모그"에 대해 이야기할지도 모르겠어.

이사

아이의 장난감을 꾸리면서
아내가 운다
반지하의 네 평 방을 모두 치우고
문턱에 새겨진 아이의 키눈금을 만질 때 풀썩
습기 찬 천장 벽지가 떨어졌다

아직 떼지 않은 아이의 그림 속에
우주복을 입은 아내와 나
잠잘 때는 무중력이 되었으면
아버님은 아랫목에서 주무시고
이쪽 벽에서 당신과 나 그리고
천장은 동생들 차지
지난번처럼 연탄가스가 새면
아랫목은 안 되잖아, 아, 아버지

생활의 빈 서랍들을 싣고 짐차는

190

어두워지는 한강을 건넌다(닻을 올리기엔
주인집 아들의 제대가 너무 빠르다) 갑자기
중력을 벗어난 새 떼처럼 눈이 날린다
아내가 울음을 그치고 아이가 웃음을 그치면
중력을 잃고 휘청거리는 많은 날들 위에
덜컹거리는 서랍들이 떠다니고 있다

눈발에 흐려지는 다리를 건널 때 아내가
고개를 돌렸다, 아참
장판 밑에 장판 밑에
복권 두 장이 있음을 안다
강을 건너 이제 마악 변두리로
우리가 또 다른 피안으로 들어서는 것임을
눈물 뽀드득 닦아주는 손바닥처럼
쉽게 살아지는 것임을

성냥불을 그으면 아내의
작은 손이 바람을 막으러 온다
손바닥만큼 환한 불빛

중력이 사라질 때

비가 내리는 건 지구가 중력을 가지고 있기 때문이지. 눈이 오는 것도 바람이 부는 것도 마찬가지야. 중력이 없으면 대류가 사라지게 돼. 따뜻한 바람은 위로 올라가지 않고 찬 바람은 아래로 내려오지 않지. 식물의 뿌리가 지구의 중심을 향해 자라는 것도 지구의 중력 때문이야. 이처럼 중력은 지구를 지구답게 하는 것인데 화자는 중력이 무척 부담스러운 모양이야. 화자의 아들은 우주복을 입은 아빠와 엄마의 그림을 그렸지. 그걸 지켜보면서 화자는 잠잘 때만은 무중력의 세상을 꿈꾸고 있어. 왜냐하면 좁은 방에 많은 식구들이 잠을 자야 하니까 말이야.

중력이 사라지면 평등해져. 몸무게가 100킬로그램인 사람이나 몸무게가 10킬로그램인 사람이 똑같이 0킬로그램이 되지. 힘이 없는 사람들도 힘 많은 사람들처럼 엄청난 물건들을 들어 올릴 수 있어. 무게는 중력이 만드는 거니까. 중력이 없다는 건 무게가 없다는 걸 의미해. 중력이 사라지면 사방을 벽으로도 쓸 수 있어. 두 둥실 떠다닐 수 있기 때문에 허공을 침대로 삼고 누울 수도 있지. 그러면 방이 좁아서 칼잠을 자야 하는 수고를 덜 수 있어. 화자가 중력이 없었으면 하고 바라는 이유가 바로 이거지. 인간은 잠을 잘 때만큼은 모두 공평하다고 하는데 화자에게는 적용되지 않는 말이었나 봐. "잠 잘 때는 무중력이 되었으면" 하고 바라는 것을 보면 말이야.

이 시는 집 없는 가장의 슬픔을 담담하게 보여주고 있어. 옛날에는 이런 장면이 흔했어. 지금보다 훨씬 가난했고 살 집이 부족했고 한 방에 살아야 할 가족의 수도 많았지. 세입자를 보호하는 법도 제대로 없어서 "주인집 아들의 제대"가 세입자에게 이사 가야 할 이유를 만들어주기도 했어. 그래서 서민들은 "장판 밑에" 주택복권을 깔고 살았지. 내 눈길을 쉽게 놓지 않은 단어는 "피안"이었어. 피안(彼岸)이란 번뇌에서 벗어나 도달한 열반의 세계를 가리키는 말인데 과연 지금 가족들이 가고 있는 새로운 보금자리는 피안일까. 아무리 읽어도 내게는 "피안"이란 그저 강 건너편 "변두리"를 뜻하는 것 같아. 그곳에서 화자는 다시 아버님을 가장 따뜻한 "아랫목에서 주무시"게 하고 "연탄가스가 새는 것"을 동시에 걱정하겠지. 그래도 다행이야. 화자에게 "손바닥만큼 환한 불빛"을 가진 아내가 있으니까 말이야.

우주물고기
—미래과학그림전(展)에서

강경보

미래의 어느 때에는
우리 살아갈 집이 달 옆에 있을 것이다
먼 지구의 일터로부터 귀가하는 일이
오늘 출퇴근 하는 일만큼이나 고되고 느린 것이 아니라
그냥 눈 한번 쓱 감았다 뜨면
어느 사이 나는 우주 정원의 앞마당에서 깨금발을 딛고
고층 빌딩 높이의 테라스를 지나 침실로 들어갈 것이다
은하수가 냇물처럼 반짝이며 별 사이를 흐르고
어린 시절 앞강에서 물장구치며 놀던 기억으로
가끔은 실오라기 하나 걸치지 않은
알몸이 되고도 싶을 것이다 누군가
명왕성 뒤에 숨어서 우주적 망원렌즈로
얼음처럼 투명한 내 몸을 투사하기도 할 것이다
내 꿈은 비록 지금보다 육분지 오의 무게를 덜어낸
달에서 노니는 것이지만 그것은 촘촘하게 엮인
지구의 기억을 한 편 매달고 사는 일이 될 것이다

별과 별 사이에 빛의 길이 나고
택시는 허공을 날며 손님들을 태우고
어느 영화에서였지, 흰 천 조각으로 여인의 가슴과 음모를
붕대처럼 감으면 그대로 일상의 옷이 되는
그때는 사랑의 말도 한 번의 눈빛이면 되고
이별도 백만 광년 먼 별장에서 보내는
순간의 텔레파시면 족할 것이다 그러나 그때에도
이해할 수 없는 것은 남아,
내 어항 속의 금붕어 한 마리가 어떻게
하늘을 날아 저 얼음별로 헤엄쳐 가는지
어느 날인가는 앞강에 낚싯대를 드리우고 앉아
오래 당신을 생각하고 또 생각했던 것처럼
마음에서만 사는 아득한 것들은 또 어떻게
저 별의 시간을 건너가게 되는지

과학이 할 수 없는 일

이 시를 읽고 났더니 과학이 할 수 있는 일과 과학이 할 수 없는 일에 대해 생각하게 돼. 과학은 인간을 달에 보낼 수 있었고, 인간의 수명을 연장할 수도 있게 했지. 과학은 우리가 더 빨리 달리는 일을 가능하게 했어. 자동차를 만들고, 고속 철도를 만들고, 소리의 속도에 가까운 비행기를 만들었지. 지구촌이라는 말이 생겨난 것도 사실은 과학 덕이지. 이제 서울에서 부산으로 출장을 가는 사람은 굳이 이삼일씩 다니지 않아. 아침에 출발했다가 저녁에 돌아올 수 있으니까. 특별한 사정이 생기지 않는 한 미국까지 가는 데도 옛날처럼 수십 일이 걸리지 않아. 그리고 지금 여기서 일어난 일을 순식간에 세계로 생중계할 수 있는 것도 인터넷을 만들어낸 과학기술 덕이지.

돌려서 생각해보자. 우리가 컬러텔레비전을 볼 수 없고, 하루 만에 부산에 다녀올 수 없고, 미국까지 가는 데 수십 일이 걸린다면 꽤나 불편해지겠지. 손 편지가 사라진 것도 그것이 불편해서야. 클릭 한 번으로 지구 반대편에 있는 친구에게 소식을 전할 수 있는데 우편집배원을 이용하는 것은 소모적인 일로 보이는 거지. 우편집배원이 편지를 들고 너를 찾아가는 시간을 "발효의 시간"으로 바라본 이문재 시인의 감성을 과학은 인정하지 않고 있는 것처럼 보여.

그래서 이런 불편함이 사라졌더니 과연 우리는 과거보다 행복해졌다고 확신할 수 있을까?

과학기술 덕에 우리는 다른 어느 나라보다 더 잘살게 되었는데 오늘 아침에 본 신문에는 우리나라의 자살률이 세계에서 가장 높다고 하던데 이건 무얼 말하는 걸까. 과학기술 덕에 더 많이 생산하고 더 많이 소비하게 되었는데 왜 노인들은 더 고독해 보이는 걸까. 이것은 과학이 아무리 발달해도 이 세상에 해줄 수 없는 뭔가가 있기 때문이겠지. 과학이 해줄 수 없는 것들은 마음과 관련된 것들인 것 같아. 우리가 달에 가서 살 수 있게 되는 날이 와도 여전히 "이해할 수 없는 것은 남아" 그것들에 대해 시인은 고민하고 있을 거라고 말하고 있어. "마음에서만 사는 아득한 것"들에 대한 설명은 과학이 아닌 문학으로 조금 할 수 있을 거라고 믿어. 그래서 문학은 죽지 않고 시인은 또 이렇게 시를 쓰는 거겠지.

눈물은 왜 짠가

함민복

지난 여름이었습니다 가세가 기울어 갈 곳이 없어진 어머니를 고향 이모님 댁에 모셔다 드릴 때의 일입니다 어머니는 차시간도 있고 하니까 요기를 하고 가자시며 고깃국을 먹으러 가자고 하셨습니다 어머니는 한평생 중이염을 앓아 고기만 드시면 귀에서 고름이 나오곤 했습니다 그런 어머니가 나를 위해 고깃국을 먹으러 가자고 하시는 마음을 읽자 어머니 이마의 주름살이 더 깊게 보였습니다 설렁탕집에 들어가 물수건으로 이마에 흐르는 땀을 닦았습니다

"더울 때일수록 고기를 먹어야 더위를 안 먹는다 고기를 먹어야 하는데…… 고깃국물이라도 되게 먹어둬라"

설렁탕에 다대기를 풀어 한 댓 숟가락 국물을 떠먹었을 때였습니다 어머니가 주인 아저씨를 불렀습니다 주인 아저씨는 뭐 잘못된 게 있나 싶었던지 고개를 앞으로 빼고 의아해하며 다가왔습니다 어머니는 설렁탕에 소금을 너무 많이 풀어 짜서 그런다며 국물을 더 달라고 했습니다 주인 아저씨는 흔쾌히 국물을 더 갖다 주었습니다 어머니는 주인 아저씨가 안 보고 있다 싶어

지자 내 투가리에 국물을 부어주셨습니다 나는 당황하여 주인 아저씨를 흘금거리며 국물을 더 받았습니다 주인 아저씨는 넌지시 우리 모자의 행동을 보고 애써 시선을 외면해주는 게 역력했습니다 나는 그만 국물을 따르시라고 내 투가리로 어머니 투가리를 툭, 부딪쳤습니다 순간 투가리가 부딪치며 내는 소리가 왜 그렇게 서럽게 들리던지 나는 울컥 치받치는 감정을 억제하려고 설렁탕에 만 밥과 깍두기를 마구 썹어댔습니다 그러자 주인 아저씨는 우리 모자가 미안한 마음 안 느끼게 조심, 다가와 성냥갑 만한 깍두기 한 접시를 놓고 돌아서는 거였습니다 일순, 나는 참고 있던 눈물을 찔끔 흘리고 말았습니다 나는 얼른 이마에 흐른 땀을 훔쳐내려 눈물을 땀인 양 만들어놓고 나서, 아주 천천히 물수건으로 눈동자에서 난 땀을 씻어냈습니다 그러면서 속으로 중얼거렸습니다

눈물은 왜 짠가

사랑의 농도

눈물은 짜고 콧물도 짜지. 그건 염분이 들어 있기 때문이야. 우리 몸은 지구와 비슷해. 지구 표면의 70퍼센트는 물에 잠겨 있고, 우리 몸의 70퍼센트도 물이지. 그래서 우리 몸을 작은 지구라고 부를 수 있어. 하품을 하거나 슬퍼서 눈물이 밀려올 때 나는 그 눈물이 파도 같다는 생각을 해. 내 마음속의 깊은 바다에서부터 눈가로 밀려온 파도. 그 파도는 바다의 맛이지. 지구 표면 대부분의 물이 그러한 것처럼. 콧물이 짠 것도 콧물 속에 이 파도가 섞여 있기 때문이야.

눈물에는 세 가지 정도가 있어. 우리가 눈물 흘릴 때를 가만히 떠올려봐. 우리는 눈을 촉촉하게 유지하기 위해 눈물을 흘리고, 요리하다가 눈이 매울 때나 눈에 티끌이 들어갔을 때 눈물을 흘리고, 어떤 감정에 빠져들었을 때 눈물을 흘리지. 이런 것들을 각각

기본적 눈물, 반사적 눈물, 정서적 눈물이라고 불러. 우리 시에서
화자가 흘리는 눈물은 이 세 가지 중에 세 번째에 해당되지. 화자
는 "중이염을 앓아 고기만 드시면 귀에서 고름이 나오곤" 하는 어
머니가 설렁탕집으로 자신을 데리고 간 이유와 자신의 처지를 생
각하자 "울컥 치받치는 감정을 억제"하지 못하고 이 눈물을 흘리
지. 정서적 눈물은 인간 외에 다른 동물들은 흘리지 않는 눈물이
라고 알려졌어. 가끔 먹이를 잡아먹고 눈물을 흘리는 바다악어의
소식이 들리긴 하지. 하지만 그것은 먹이에 대한 슬픔 때문이 아
니라 몸속으로 들어온 염분을 몸 밖으로 내보내기 위해 흘리는 눈
물이지.

　정서적 눈물을 많이 흘릴수록 오래 산다는 이야기가 있어. 학
자들은 남자들이 여자보다 정서적 눈물을 덜 흘리기 때문에 평균
수명이 짧다고들 이야기하지. 정서적 눈물은 몸과 정신에 쌓인 해
로운 물질을 몸 밖으로 내보내는 역할을 하거든. 슬픈 영화를 보
고 나서 울고 나면 가슴이 조금 후련해지는 것을 다들 느꼈을 거
야. 그건 바로 우리 몸과 마음을 무겁게 누르고 있던 어떤 물질들
이 몸 밖으로 나갔기 때문이지. 그래서 요즘에는 함께 모여 우는
모임을 만들어 스트레스를 해소하는 사람들이 늘고 있어. 의사들
은 환자들의 정신 치료를 위해 '울음 요법'이라는 것을 고안해내
기도 했고.

　감정에 따라 눈물의 맛은 조금씩 달라. 화가 났을 때 흘리는 눈
물은 슬플 때 흘린 눈물보다 조금 더 짠맛이야. 화가 났을 때는 눈

물에 염분이 조금 더 많이 섞이거든. 그리고 눈을 크게 뜨고 덜 깜박이기 때문에 수분이 평상시보다 더 빨리 증발되지. 그러면 염분의 농도가 진해지겠지. 양파 때문에 흘린 눈물과 화자가 설렁탕을 먹으면서 흘린 눈물의 맛도 달라. 설렁탕을 먹으면서 흘린 정서적 눈물은 반사적 눈물보다 훨씬 더 많은 단백질을 가지고 있지.

시적 화자는 "눈물은 왜 짠가"라는 말로 시를 마무리하고 있어. 이 문장을 읽으니 시인이 느낀 눈물의 맛은 화가 났을 때 흘린 눈물만큼 짠맛이 아닐까 하는 생각이 들어. 하지만 시인에게 눈물이 그토록 짜게 느껴진 것은 시인의 눈물이 그냥 눈물이 아니라 "땀인 양 만들어"놓은 눈물 때문이겠지. 그리고 그 짠맛은 어머니의 '사랑의 농도'가 아닐까.

목련

목련을 습관적으로 좋아한 적이 있었다
잎을 피우기도 전에 꽃을 먼저 피우는 목련처럼
삶을 채 살아보기도 전에 나는
삶의 허무를 키웠다
목련나무 줄기는 뿌리로부터 꽃물을 밀어 올리고
나는 또 서러운 눈물을 땅에 심었다
그래서 내게 남은 것은 무엇인가
모든 것을 나는 버릴 수 있었지만
차마 나를 버리진 못했다

목련이 필 때쯤이면
내 병은 습관적으로 깊어지고
꿈에서마저 나는 갈 곳이 없었다
흰 새의 날개들이 나무를 떠나듯
그렇게 목련의 흰 꽃잎들이
내 마음을 지나 땅에 묻힐 때

삶이 허무한 것을 진작에 알았지만

나는 등을 돌리고 서서

푸르른 하늘에 또 눈물을 심었다

최초의 꽃, 최초의 허무

내가 살던 시골에 큰 목련나무 한 그루가 있었어. 목련이 피면 아이들이 그 나무에 몰려와서 목련 꽃잎을 땄지. 목련의 꽃잎으로 풍선을 불 수 있었거든. 아이들은 꽃잎 하나를 터트리고 나면 다른 꽃잎을 따서 또 불곤 했지. 그건 목련을 괴롭히는 일 같아서 가끔 나는 아이들을 말리곤 했어. 하지만 아이들은 자주 내 눈길을 피해 갔고 가끔은 궁금해서 나도 목련의 꽃잎을 입술에 물어보았지.

나도 목련을 좋아했어. 목련을 잊고 지내다가 봄이 오면 다시 목련을 습관적으로 바라보았지. 한 점에서 시작해서 점점 부풀어 오르는 목련의 몽우리는 빅뱅이 일어나기 전 우주의 모습을 보여주는 것 같았어. 우주가 모든 것을 작은 점 안에 담고 있었던 시절. 그 시절 우주는 무척 뜨거웠을 거라고 생각해. 나는 꽃봉오리 속도 그렇게 뜨거울까 하는 생각을 해보기도 했어. 그리고 마침내

터진 점이 꽃이 되어 곤충들과 아이들을 모을 때 그것이 우주의 팽창과 무관하지 않다고 생각했지.

시인은 꽃이 "삶의 허무"라고 생각하고 있어. 꽃은 나무에게 가장 멋진 순간인데 그렇게 생각하는 이유는 꽃피는 순간이 꽃 지는 순간과 맞닿아 있기 때문이겠지. 아름다운 목련이 금방 바닥에 떨어져 검게 탄 종이처럼 변하는 것을 보고 나는 이렇게 생각한 적이 있어. 저렇게 험한 모습으로 사라질 거면서 그렇게 아름답게 꽃 피려고 노력한 이유가 뭘까. 아마 그때 나도 삶의 허무를 조금 느꼈던 것 같아. 보통 삶의 허무는 인생을 거의 다 살아본 사람들이 마지막에 가서 느끼는 감정 중 하나야. 그런데 시인이 인생을 다 살아보기도 전에 "삶이 허무하다는 것을 진작에 알"게 된 것은 목련을 통해서겠지. 많은 나무들은 꽃을 피우기 위해 잎사귀를 먼저 피워. 잎사귀는 꽃을 피우기 위한 하나의 과정이지. 하나하나 잎사귀를 피우는 과정을 통해 꽃이 피는 것처럼 사람도 이런저런 삶의 경험을 통해 절정의 순간에 이르고 인생의 깨달음을 얻게 되지. 하지만 목련은 잎사귀를 보여주기 전에 먼저 꽃을 보여줘. 이런 목련의 모습은 시인에게 다 살아보지 못한 삶에 대한 통찰, 직관을 갖게 한 것 같아. 하지만 시인은 아름다움에 대한 애착을 모두 버리진 못했어. 그건 "모든 것을 나는 버릴 수 있었지만/차마 나를 버리진 못했다"라는 부분에서 알 수 있지. 사실 깨닫는다는 것과 그것을 실천한다는 것은 무척 다른 일이거든. "삶의 허무"를 깨달았다면 모든 사라지는 것에 대한 슬픔도 없어야 되는데 시인은 "나무를 떠나"는 "흰 새의 날개들"을 보면서 "또 눈물을 흘"리지.

목련의 조상은 지상에서 최초로 꽃을 피운 나무야. 아주 오래전 식물들에게는 꽃이 없었지. 꽃이 없었기 때문에 지금처럼 곤충에게 인기도 없었어. 식물들은 꽃가루를 다른 식물로 옮기기 위해 바람을 이용했어. 지금도 소나무나 전나무들은 이 방법을 사용하는데 낭비가 무척 심하지. 바닥에 그냥 버려지는 꽃가루가 훨씬 더 많거든. 뭔가 효율적인 방법이 있지 않을까 고민하던 목련의 조상은 곤충의 도움을 받기로 했어. 곤충들의 몸에 꽃가루를 묻혀 날려 보내면 좋을 것 같았거든. 곤충들을 불러 모으기 위해 목련의 조상은 선물을 준비했는데 그게 바로 꽃이야. 꽃에는 향기도 있고 색깔도 있고 꿀도 있지.

봄이 오면 나는 습관적으로 목련에 빠져. 그리고 목련의 오랜 조상들을 생각해보지. 그러면 아득한 어떤 느낌이 가슴에 씨앗처럼 묻혀.

라디오같이 사랑을 끄고 켤 수 있다면
— 김춘수의 「꽃」을 변주하여

장정일

내가 단추를 눌러주기 전에는
그는 다만
하나의 라디오에 지나지 않았다.

내가 그의 단추를 눌러주었을 때
그는 나에게로 와서
전파가 되었다.

내가 그의 단추를 눌러준 것처럼
누가 와서 나의
굳어버린 핏줄기와 황량한 가슴속 버튼을 눌러다오
그에게로 가서 나도
그의 전파가 되고 싶다.

우리들은 모두
사랑이 되고 싶다.

끄고 싶을 때 끄고 켜고 싶을 때 켤 수 있는
라디오가 되고 싶다.

우연히 찾아온 우주 최초의 빛

빅뱅이라는 사건이 일어나기 전에 우주는 아주 작은 점이었어. 부피는 0에 가깝고 밀도는 아주 높았을 거라고 생각하지. 그 점을 특이점이라고 불러. 그 특이점 속에서는 빛이 움직일 수 없었어. 만원버스를 탔다고 생각해봐. 앞문으로 탔다가 뒷문으로 이동하는 것이 쉽지 않겠지. 특이점이 폭발을 일으키면서 우주는 팽창했고 비로소 빛들이 자유롭게 돌아다닐 수 있는 공간이 생기게 되었지. 특이점을 벗어난 우주 최초의 빛을 우주배경복사(cosmic back ground radiation)라고 하는데 몇몇 과학자들은 이 빛이 아직 우주를 떠돌고 있을 것이라고 믿었어. 우주는 팽창하면서 점점 식어갔기 때문에 이 빛도 무척 차가운 빛이 되어 있을 것이라고 생각했지.

미국 프린스턴 대학의 로버트 디키(Robert Henry Dicke)는 이 빛을 무척 사랑하는 사람이었어. 그는 이 빛을 무척 만나보고 싶어

했지. 그래서 우주가 팽창하고 있다는 사실을 확실히 증명하고자 했어. 그는 연구진을 이끌고 빛을 찾기 위해 노력했어. 그들은 이 빛이 섭씨 −268도 정도 되는 전파가 되어 있을 거라고 생각했어. 그러다 디키는 자신의 연구소에서 50킬로미터 떨어진 곳으로부터 걸려온 전화를 받았지. 전화를 건 사람들은 벨 연구소에서 일하는 펜지어스(Arno Allan Penzias)와 윌슨(Robert Woodrow Wilson)이라는 사람이었어. 그들은 안테나에 걸려 들어오는 잡음들에 대해서 한탄을 늘어놓았어.

"박사님, 잡음을 없애려고 온갖 노력을 다했어요. 전기회로도 점검하고 안테나에 올라가 이음새와 나사못에 절연 테이프를 붙여도 보았어요. 빗자루를 들고 안테나에 올라가 새똥도 깨끗이 치웠고요. 그런데 잡음들이 끊이질 않아요. 일 년 동안 노력해봤는데 아무 소용이 없어요."

그들의 이야기를 들은 로버트 디키 박사는 그들이 잡음이라고 말하는 그것이 자신이 찾고 있는 우주배경복사라는 것을 알아챘지. 우주배경복사의 발견으로 1978년 펜지어스와 윌슨은 노벨 물리학상을 받게 돼. 재밌는 것은 상을 받고서도 두 사람은 그들이 발견한 것이 천문학자들에게 얼마나 중요한 것인가를 몰랐어. 하나 더 재밌는 것은 그 전파가 애타게 기다린 사람을 찾아가지 않고 아무 생각 없었던 사람의 안테나에 걸려들었다는 거야.

사랑에도 이런 아이러니가 있지. 정작 사랑을 기다리는 사람에게는 찾아오지 않고 기다리지 않았던 사람에게 우연히 찾아오는 경우 말이야. 사랑이 이렇게 예측할 수 없는 것이다 보니 사랑이 라디오 같은 거라면 얼마나 편할까 하고 생각해. 사랑을 하고 싶을 때 켜고, 사랑이 귀찮아지면 꺼버릴 수 있는 기계와 같은 거라면 말이야. 화자는 우리 모두가 "라디오가 되고 싶"어한다고 말하고 있어. 이건 사랑의 속성이 이타적이라기보다 이기적인 것이라고 생각하기 때문이겠지. 너희 생각은 어때? 사랑은 이기적인 거니, 이타적인 거니? 나는 사랑이 이기적인 것에 가깝다고 생각해. 내가 누군가를 좋아한다는 것은 그 사람이 필요하다는 거거든. 그 사람을 위해서가 아니라 날 위해서. 날 위해서 그 사람이 필요한데 날 위해서 한 모든 행동들은 너를 위해서 한 것이라고 말할 때가 있지. 상대방을 좋아한다면 상대방이 원하는 방식의 사랑을 주어야 하는데 자기 방식대로 하고 사랑이라고 말하는 사람들이 세상엔 너무 많아. 그런 사랑을 만날 때마다 우리는 "버튼"을 눌러 꺼버리고 싶겠지. 하지만 또 이상한 것은 다시 누군가 우리 "가슴 속 버튼"을 눌러주기를 바란다는 거야. 인간은 사랑 없인 살 수 없나 봐.

수록된 작품 출처

1. 강은교, 「우리가 물이 되어」, 『오늘도 너를 기다린다』, 실천문학사, 1989.

2. 윤성학, 「소금 시」, 『당랑권 전성시대』, 창비, 2006.

3. 이동호, 「과녁」, 2008년 제9회 교단문예상 수상작.

4. 안도현, 「고추밭」, 『서울로 가는 전봉준』, 문학동네, 2004.

5. 이문재, 「태양계」, 『시, 사랑에 빠지다』, 현대문학, 2009.

6. 유하, 「나무를 낳는 새」, 『나의 사랑은 나비처럼 가벼웠다』, 열림원, 1999.

7. 손택수, 「내 목구멍 속에 걸린 영산강」, 『목련전차』, 창비, 2006.

8. 나쓰메 소세키, 「홍시여」, 『소세키 전집 〈제17권〉 하이쿠·시가』, 암파서점, 2003.

9. 함민복, 「선천성 그리움」, 『모든 경계에는 꽃이 핀다』, 창비, 1996.

10. 박후기, 「새끼발가락」, 『종이는 나무의 유전자를 갖고 있다』, 실천문학사, 2006.

11. 박판식, 「화남풍경」, 『밤의 피치카토』, 천년의시작, 2004.

12. 권혁웅, 「산등성이 마을의 불빛들」, 『마징가 계보학』, 창비, 2005.

13. 정현종, 「한 숟가락 흙 속에」, 『환합니다』, 지식을만드는지식, 2012.

14. 고영민, 「슬픈 부리」, 『공손한 손』, 창비, 2009.

15. 다니카와 슌타로, 「이십억 광년의 고독」, 『이십억 광년의 고독』, 집영사, 2008.

16. 곽해룡, 「맛의 거리」, 『맛의 거리』, 문학동네, 2008.

17. 김현욱, 「보이저 氏」, 2007년 『진주신문』 가을문예 당선작.

18. 박남준, 「따뜻한 얼음」, 『적막』, 창비, 2005.

19. 윤동주, 「바람이 불어」, 『선생님과 함께 읽는 윤동주』, 실천문학사, 2006.

20. 황병승, 「커밍아웃」, 『여장남자 시코쿠』, 문학과지성사, 2012.

21. 윌리엄 워즈워스, 김천봉 역, 「무지개」, 『서정민요 그리고 몇 편의 다른 시』, 한국학술정보, 2008.

22. 이문재, 「새의 날개 안쪽」, 『제국호텔』, 문학동네, 2004.

23. 기형도, 「안개」, 『입 속의 검은 잎』, 문학과지성사, 1989.

24. 유홍준, 「사람을 쬐다」, 『저녁의 슬하』, 창비, 2011.

25. 고영민, 「1만 볼트의 제비」, 『악어』, 실천문학사, 2005.

26. 손택수, 「육친」, 『나무의 수사학』, 실천문학사, 2010.

27. 길상호, 「자기장을 읽다」, 『눈의 심장을 받았네』, 실천문학사, 2010.

28. 황지우, 「겨울-나무로부터 봄-나무에로」, 『겨울-나무로부터 봄-나무에로』, 민음사, 1985.

29. 도종환, 「담쟁이」, 『당신은 누구십니까』, 1993.

30. 함형수, 「해바라기의 비명(碑銘)」, 『해바라기의 비명』, 문학과비평사, 1989.

31. 이상, 「거울」, 『선생님과 함께 읽는 이상』, 실천문학사, 2011.

32. 김광균, 「데생」, 『김광균 전집』, 국학자료원, 2002.

33. 다카무라 고타로, 「레몬애가」, 『지혜자초』(개정), 신조사, 2003.

34. 길상호, 「감자의 몸」, 『오동나무 안에 잠들다』, 문학세계사, 2004.

35. 김기택, 「바퀴벌레는 진화중」, 『태아의 잠』, 문학과지성사, 1991.

36. 원동우, 「이사」, 1993년 『세계일보』 신춘문예 당선작.

37. 강경보, 「우주물고기」, 『우주물고기』, 종려나무, 2010.

38. 함민복, 「눈물은 왜 짠가」, 『모든 경계에는 꽃이 핀다』, 창비, 1996.

39. 류시화, 「목련」, 『그대가 곁에 있어도 나는 그대가 그립다』, 푸른숲, 2008.

40. 장정일, 「라디오같이 사랑을 끄고 켤 수 있다면」, 『길 안에서의 택시잡기』, 민음사, 1988.

과학실에서 읽은 시

2013년 5월 7일 1판 1쇄 펴냄
2022년 5월 5일 1판 10쇄 펴냄

지은이   하상만
펴낸이   윤한룡
편집   신한선
관리·영업   이소연

펴낸곳   (주)실천문학
등록   10-1221호 (1995.10.26.)
주소   남양주시 퇴계원읍 퇴계원로 52 405호
전화   322-2161~3
팩스   322-2166
홈페이지   www.silcheon.com

ISBN 978-89-392-0694-6 03800